생성형 AI
작곡＋작사
마스터링

▶ [가사시비자] 유튜브 운영

초판 인쇄 2024년 5월 24일
초판 발행 2024년 5월 24일

출판등록 번호 제 2015-000001 호
ISBN 979-11-94000-00-6(03800)

주소 강원도 횡성군 횡성읍 송전로 209 (고즈넉한 길)
도서문의(신한서적) 031) 942 9851 팩스 : 031) 942 9852
도서내용문의 010 8287 9388
펴낸 곳 책바세
펴낸이 이용태

지은이 구효인
기획 책바세
진행 책임 책바세
편집 디자인 책바세
표지 디자인 책바세

인쇄 및 제본 (주)신우인쇄 / 031) 923 7333

에든버러 음대 사운드 디자인
전공 [구박사]의 AI 작곡 현상소

생성형 AI
작곡 + 작사
마스터링

 [가사시비자] 유튜브 운영

구효인 지음

챗GPT
아이바
사운드로우
뮤지아원
유디오
마이에디트
신디사이저 V
이마스터드
캡컷

비전공자도 바로 써먹는

K팝, 트롯, 재즈, 힙합, 사운드트랙
그리고 유튜브 배경음악 제작까지

책바세 챗봇

우리가 살아가는 현대 사회에서 음악은 일상의 매 순간을 함께 한다. 커피 한 잔의 여유를 느낄 때, 분주한 출근길에, 혹은 밤하늘을 바라보며 깊은 생각에 잠길 때, 음악은 우리의 감정과 추억을 아름다운 선율로 표현해 준다. 이처럼 음악은 인간의 감정을 표현하는 가장 강력한 수단 중 하나이지만, 모든 이들이 자유롭게 음악을 창작할 수 있는 것은 아니다. 과거에는 복잡한 음악 이론과 악기 연주 기술, 고가의 장비가 필요했기 때문에 많은 사람들이 음악 창작의 문턱을 넘지 못했다.

그러나 이제 기술의 발전은 이러한 장벽을 허물고 있다. 특히, 인공지능 기술이 음악 창작 과정에 도입되면서, 음악을 사랑하는 사람이라면 누구나 쉽게 작곡가가 될 수 있는 길이 열렸다. AI 작곡 프로그램들은 복잡한 음악 이론을 몰라도, 악기를 다룰 줄 모르는 이들도 감동적인 곡을 만들 수 있게 도와준다.

이 책은 바로 그 가능성을 탐구하고, 음악적 기초 지식이 없는 비전공자도 누구나 쉽게 접근할 수 있는 AI 작곡의 세계로 안내한다. 아이바(AIVA), 사운드로우(SOUNDRAW), 뮤지아 원(Musia One), 유디오(Udio)와 같은 다양한 AI 작곡 프로그램을 소개하며, 이들을 활용해 음악의 기초부터 시작하여 K팝, 재즈, 클래식, 힙합, 트로트 등 다양한 장르를 큰 어려움 없이 접근할 수 있는 자신만의 곡을 만드는 방법까지 단계별로 설명할 것이다.

이제 이 책을 통해 많은 이들이 음악을 즐기며 자신만의 음악을 만들어 다양한 목적으로 활용할 수 있기를 바란다.

저자 **구효인**

학습자료 활용법

보다 효율적인 학습을 위해 [책바세.com] 웹사이트에 접속해서 해당 도서의 학습자료 파일을 다운로드받아 활용해야 한다.

학습자료 받기

학습자료를 활용하기 위해 ❶[책바세.com] 웹사이트에 접속하여 ❷[도서목록] 메뉴에서 [해당 도서]를 찾은 다음 표지 이미지 하단의 ❸[학습자료받기] 버튼을 클릭한 다음, 열리는 구글 드라이브에서 ❹❺[다운로드] ➡ [무시하고 다운로드]받아 학습에 사용하면 된다.

C　　책바세.com ❶

책바세=　　도서목록　　템플릿·학습자료　❷　작가정보　　작가모집　　위치

ai

🎼 생성형 AI작곡 + 작사 마스터링...

Google Drive에서 파일에 바이러스가 있는지 검사할 수 없습니다

생성형 AI 작곡 + 작사 마스..학습자료... 파일이 너무 커서 바이러스 검사를 할 수 없습니다. 그래도 파일을 다운로드하시겠습니까?

무시하고 다운로드 ❺

목차 (Contents)

책 속 용어 (AI & 작곡)

인공지능(AI) 및 작곡에 관한 용어는 해당 분야에 전문 지식이 없는 사람들에게는 알듯 모르는 애매한 것들이 많다. 그러므로 이 책의 내용을 원활하게 학습하기 위해서는 아래에서 소개하는 용어들을 숙지하기 바란다.

미디 (MIDI) Musical instrument digital interface의 약자로, 음악 기기들 간에 데이터를 주고받기 위한 표준 통신 프로토콜. 음악의 음높이, 음량, 음색, 박자 등의 정보를 전송 할 수 있으며, 음악 작곡, 연주, 녹음, 편집 등 다양한 음악 제작 및 처리 작업에서 널리 사용된다.

시퀀서 (Music Sequencer) 음악을 녹음하고 재생하며, 음악적인 이벤트들을 시간에 따라 배열하고 관리하는 소프트웨어 또는 장치를 가리킨다.

작곡 음악을 만드는 과정 또는 그 결과물로, 멜로디, 리듬, 화음, 구성 등을 창조하는 과정이다.

작사 음악 작품에서 가사를 쓰는 행위나 그 역할을 하는 것을 의미한다.

편곡 이미 존재하는 음악의 특성을 존중하면서도 창작자의 개성을 반영하여 작품의 형식, 구성, 악기 등을 수정하거나 재해석하여 새로운 버전으로 다시 바꿔주는 과정이다.

멜로디 (Melody) 중요한 음악적 요소로, 여러 음의 연속된 시퀀스이며, 주로 곡의 주된 음악적 주제를 형성한다.

리듬 (Rhythm) 음악에서 시간의 흐름을 나타내는 규칙 또는 불규칙적인 패턴이다.

화음 (Harmony) 두 개 이상의 음이 동시에 울릴 때 만들어지는 음악적 효과이다.

마디 (Measure) 악곡을 일정한 구간으로 나눈 단위이다.

코드 (Chord) 세 개 이상의 음이 동시에 울릴 때 형성되는 음의 조합으로, 음악적인 조화를 형성하는 기본적인 단위이다.

스케일 (Scale) 특정한 음조에서부터 시작하여 일정한 간격으로 높거나 낮은 음을 연속적으로 나열한 것을 말한다.

키 (Key) 곡의 기본 음이나 음계를 나타내는 것으로, 곡의 조성을 결정하고 음계와 코드의 기준을 제공한다.

메이저 조 (Major key) 기본 음이 메이저 스케일인 음악적 조성을 의미로, 밝고 쾌활한 느낌을 주는 데 주로 사용한다.

마이너 조 (minor key) 기본 음이 마이너 스케일인 음악적 조성을 의미. 슬프거나 어두운 감정을 표현하는데 주로 사용한다.

피아노 롤 (Piano Roll) 디지털 음악 소프트웨어에서 사용되는 편집 도구로, 음악의 피치와 길이를 시각적으로 나타낸다.

루프 (Loop) 특정 음악 섹션이나 패턴을 반복 재생하는 것을 의미한다.

피치 (Pitch) 음의 높이 또는 낮이를 나타내는 것으로, 음계의 음을 표현하는 데 사용한다.

인트로 (Intro)/아웃트로 (Outro) 곡의 시작과 끝 부분을 말한다.

후렴구 (Chorus) 곡의 핵심적인 부분으로, 가사와 멜로디가 주로 반복되는 부분이다.

브릿지 (Bridge) 후렴구와 후렴구 사이에 삽입되는 구절로, 곡의 변화와 흐름을 주는 역할을 한다.

프리코러스 (Pre-chorus) 후렴구를 준비하는 구절이다.

훅 (Hook) 가사나 멜로디 중에서 가장 중요하고 인상적인 부분이다.

릴 (Riff) 반복되는 멜로디나 리듬패턴. 곡의 주요한 음악적 구성요소 중 하나이다.

마스터 트랙 (Master Track) 모든 트랙이 결합된 최종 믹스 음악 파일이다.

AI (Artificial Intelligence) 인공지능을 나타내는 약자로, 컴퓨터가 인간과 유사한 지능적 행동을 수행하는 기술을 의미한다.

딥 러닝 (Deep learining) 컴퓨터가 사람처럼 생각하고 배울 수 있도록 하는 기술로, 많은 데이터를 분류해서 같은 집합들을 묶고 상하의 관계를 파악하는 데 사용된다.

알고리즘 (Algorithm) 데이터를 분석하고 처리하는 데 사용되는 절차나 계산 방법을 의미하며, 작곡 소프트웨어에서는 다양한 알고리즘이 음악을 생성하고 편집하는 데 사용된다.

트레이닝 (Training) 인공지능 모델을 학습시키는 과정을 의미하는 것으로, 이 과정에서 모델이 입력된 데이터를 분석하고 학습하여 음악 작곡에 필요한 패턴과 규칙을 습득한다.

스타일 트랜스퍼 (Style Transfer) 한 스타일의 음악을 다른 스타일로 변환하는 과정이다.

멜로디 제너레이션 (Melody Generation) 멜로디를 자동으로 생성하는 과정을 의미한다.

하모니 제너레이션 (Harmony Generation) 하모니를 자동으로 생성하는 과정을 의미한다.

누구나 쉽게 작곡
하는 법 (워밍업)

인공지능(AI)을 활용한 작곡은 기술과 예술
이 만나는 흥미로운 분야이다. 그러나 기술
의 복잡성으로 인해 처음부터 작곡에 도전
하는 것이 부담스럽게 느껴질 수 있다. 몸
풀기를 위한 이번 장에서의 내용은 누구나
쉽게 인공지능을 사용하여 작곡하는 방법
에 대해 복잡한 기술 용어 대신 쉽게 접근
할 수 있도록 하며, 작곡에 대한 두려움을
없애고, 인공지능 작곡의 즐거운 경험을 할
수 있는 시간이 될 것이다.

00-1 10분 완성, 작곡부터 가사 및 비트까지

수노(Suno AI)는 프롬프트에 글자를 입력하면, 이에 맞게 음악을 자동으로 생성해 주는 인공지능(AI) 프로그램이다. 수노에서는 1일 10곡을 무료로 생성할 수 있어(매일 50 크레딧 지급하며, 한 곡당 10크레딧씩 소진, 두 개씩 자동 생성 되므로 총 5번 생성하여 10개의 곡을 만들수 있음_**제작사 규정으로 변경될 수 있음**) 부담 없이 자신만의 곡을 만들어내며, 곡의 자켓까지 생성 가능한 친근한 인공지능 작곡 플랫폼(웹사이트)이다.

수노(Suno)로 초간단 작곡하기

수노는 음악 제작에 처음 입문하는 이들에게 이상적인 도구이며, 사용자 친화적인 인터페이스와 다양한 루프, 샘플, 가상 악기를 제공하여 누구나 쉽게 작곡을 할 수 있는 환경을 조성한다. 또한, 수노 플랫폼은 복잡한 음악 이론과 지식이 없어도 직관적으로 멜로디와 리듬을 조합할 수 있게 해준다.

■ **회원가입하기** 구글을 검색기에서 ➊Suno라고 검색하면, 그림처럼 Suno AI가 검색된다. ➋Suno AI 링크 버튼을 클릭하여 Suno AI 웹사이트를 열어준다.

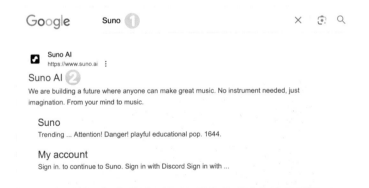

■ 수노 웹사이트의 우측 상단에 있는 Make a song 버튼을 클릭하면 다양한 장르의 노래들이 보이는 화면이 나타난다.

3 좌측 상단의 두 번째 Create를 눌러 로그인 창을 열어준다.

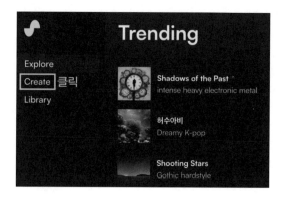

누구나 쉽게 작곡하는 법 (워밍업)

4 수노(Suno)는 구글과 연동시킬 수 있기 때문에 구글 계정이 있다면, 회원가입을 별도로 진행하지 않아도 되며, 구글 계정이 없고, MS 계정만 있을 경우에는 마크로소프트 계정으로 간편하게 회원가입을 하면 된다.

MS 계정으로 로그인하기

마이크로소프트 계정으로 회원가입을 하고자 한다면 다음의 그림처럼 로그인 화면에서 자신의 ❶마이크로소프트 계정 정보(이메일)를 작성한 후 ❷다음 버튼을 누르고, 두 번째 창에서 ❸비밀번호 입력, ❹로그인 버튼을 누르면 간편하게 회원가입이 완료된다.

5 로그인에 성공하면 그림처럼 전체화면과 좌측 상단에 곡 설명에 대해 작성할 수 있는 Song Description 창이 뜬다.

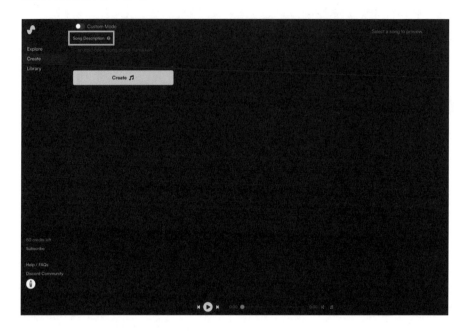

6 Song Description 상단의 Custom Mode를 켜주면, 가사를 직접 입력하거나 생성할 수 있는 창이 뜬다. 여기에서 자신이 직접 가사를 작성하면 작성한 가사에 맞게 곡을 생성해 주거나, 챗GPT를 이용하여 가사를 생성하여 삽입할 수 있다. 또한, 사용자의 취향에 맞춰 곡에 대한 설명을 작성하면 자동으로 가사를 생성해 준다.

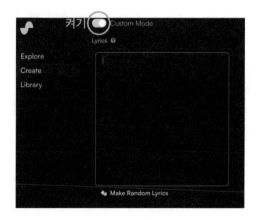

챗GPT에서 가사 생성하기: 수노 활용도 높이기

챗GPT를 활용한 가사 생성은 음악 제작 과정에서 창의성을 극대화하고 새로운 영감을 얻을 수 있는 효과적인 방법이다. 특히, 수노(Suno)와 같은 음악 제작 플랫폼과 연동하면, 챗GPT의 언어 처리 능력과 수노의 음악 제작 도구가 결합되어, 작곡과 작사에 대해 훨씬 더 풍부하고 다양한 음악적 아이디어를 신속하게 제시해 준다. 여기에서는 챗GPT를 활용하여 가사를 생성 후, 힙합 장르의 곡을 가벼운 예시를 통해 만들어 본다.

1 **회원가입하기** 구글을 검색기에서 ❶chat gpt라고 검색한 후 ❷ChatGPT 링크 버튼을 클릭하여 챗GPT 웹사이트를 열어준다.

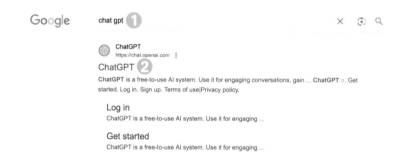

2 챗GPT를 사용할 수 있는 오픈AI 웹사이트가 열리면, 첫 화면에서 Sign up 버튼을 눌러 회원가입을 위한 화면으로 넘어간다.

3 계정 설정 창이 열리면 구글이나 마이크로소프트(MS) 또는 애플 계정을 통해 회원가입을 하고 로그인할 수 있다. 챗GPT는 이 세 가지와 연동할 수 있기 때문에 별도의 회원가입을 하지 않아도 곧바로 자신의 계정으로 로그인할 수 있다.

구글 계정으로 로그인하기 구글 계정으로 회원가입을 했을 경우, 앞선 과정에서 Google 계정으로 계속을 선택하면 다음과 같이 챗GPT의 전체화면이 나타난다.

| 챗GPT 전체화면 |

4 **가사 생성하기** 챗GPT 화면이 나타나면 이제 작성하고 싶은 느낌의 장르와 가사를 프롬프트에 입력한다. 그러면 챗GPT는 요구한 내용에 맞게 알맞는 가사를 생성해 준다. 예시로, ❶[프롬프트에 [pop장르의 활기찬 한국어 가사로 곡을 만들어줘]라고 입력한 후, ❷보내기 버튼을 누르면 그림처럼 가사를 생성해 주는 것을 알 수 있다.

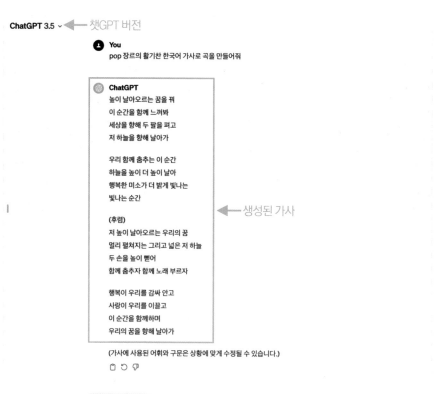

챗GPT 3.5(무료)와 4 버전의 차이

챗GPT 3.5와 4는 OpenAI가 개발한 자연어 처리 모델로, 두 버전 사이에는 몇 가지 주요 차이점이 있다. 가장 두드러진 차이는 성능과 정교함이다. 챗GPT 4는 3.5 버전보다 더욱 발전된 언어 이해와 생성 능력을 갖추고 있어, 더욱 복잡하고 다양한 문맥에서의 대화가 가능하다. 대표적으로 향상된 문맥 이해력, 더욱 정교한 대화 관리, 다양한 지식과 정보 활용이다.

5 **챗GPT에서 만든 가사 수노에 사용하기** 이제 챗GPT가 작성한 가사를 복사(Ctrl+C)한 후, 수노로 돌아가서 붙여넣기(Ctrl+V)하면 된다. 챗GPT에서 복사한 가사 구성을 수노의 좌측 상단 ❶Lyrics(가사)에 붙여넣기한 후, 하단에 있는 ❷Style of Music에 Hip hop이라고 입력하고, 바로 밑에 ❸Title(제목)에 원하는 제목을 작성한다. 그리고 ❹Create 버튼을 누르면 수노가 알맞는 곡을 여러 개 생성해 주며, 곡의 자켓 또한 생성해 준다. 살펴본 것처럼 아주 쉽게 힙합 장르의 곡을 완성하였다.

💡 노래가 끊길 경우

만약 수노(Suno)에서 생성한 노래가 중간에 끊긴다면, 다음과 같이 해당 노래 우측에 있는 ❶메뉴(세 개의 점 모양)를 클릭한 후 ❷Continue From This Clip을 선택하면 노래가 자동으로 추가 생성이 된다.

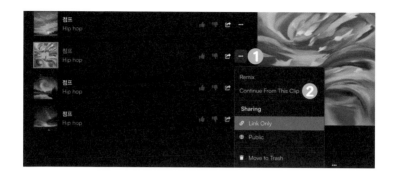

생성된 곡 다운로드하기

수노를 통해 생성한 곡을 다운로드할 경우, 그림처럼 다운로드할 곡 우측에 있는 ❶메뉴(세 개의 점 모양)를 클릭한 후 ❷Download를 선택한다. 그다음 비디오와 오디오 중 원하는 방식 을 선택하여 다운로드하면 된다.

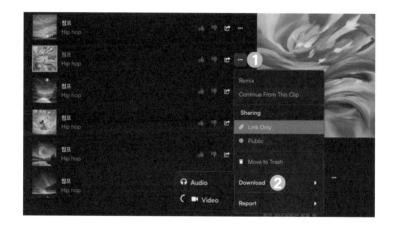

좋은 가사를 얻기 위한 챗GPT 활용법

챗GPT를 사용하여 보다 더 디테일한 요구의 프롬프트를 입력하여 더 좋은 가사를 얻을 수 있다. 여기에서는 예시로, '가을' 이라는 주제의 키워드를 단어에 맞는 주제의 가사를 작성해 보도록 한다.

1 챗GPT에서 **❶**[곡의 주제는 가을 이야. 가을의 느낌이 나는 키워드를 구성해 줘]라고 프롬프트를 입력하면, 그림처럼 가을 느낌을 나타내는 **❷**키워드를 만들어준다.

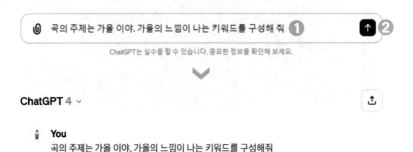

2 이번에는 챗GPT가 만들어준 키워드를 요약하여 1절과 2절 가사를 만들기 위해 **❶**[해당 키워드를 요약해서 1절부터 2절까지의 노래 가사를 만들어 줘]라고 프롬프트를 입력하면, 그림처럼 가을 느낌의 1절과 2절 노래를 구성할 수 있는 곡의 **❷**가사를 생성해 준다.

ChatGPT 4 ⌄

👤 **You**
해당 키워드를 요약해서 1절 부터 2절 까지의 노래 가사를 만들어줘

🤖 **ChatGPT**

1절

황금빛 들판에 바람이 불고
나뭇잎은 춤추며 떨어져 가네
가을의 향기, 공기 중에 퍼지고
차 한 잔의 온기가 마음을 감싸네

서늘한 바람, 내 피부를 스치고
스웨터의 부드러움이 나를 따뜻하게 해줘
일몰의 붉은 빛, 하늘을 물들이고
세상은 잠시, 평화로운 꿈을 꾸네

2절

단풍잎은 붉게 물들어가고
길 위의 나뭇잎은 바람에 쓸려가네
호박과 수확의 풍요로움 속에
가을 축제, 즐거운 노래가 울려 퍼지네

아침의 서늘함, 두 손을 감싸고
따뜻한 커피 한 모금이 나를 깨워줘
하늘은 푸르고, 구름은 부드러워
이 계절의 마법, 모두를 감싸네

3 생성된 가사에 해당 주제에 맞는 키워드가 있다면, 해당 키워드들을 입력하고 자신이 원하는 더 정확한 가을 느낌에 가까운 가사를 생성할 수 있다. 가령, '가을' 키워드를 위해 낙엽, 맑은 하늘, 선서한 바람, 단풍나무, 추수감사절이라는 키워드를 지정했다면, 다음 그림처럼 프롬프트를 [곡의 주제는 '가을'이야. 내가 정한 가을의 키워드는 낙엽, 맑은 하늘, 선서한 바람, 단풍나무, 추수감사절이야. 해당 키워드를 사용해서 곡의 1절과 2절 가사를 만들어 줘]라고 입력하면 프롬프트에 제시한 키워드를 사용하여 새로운 가사를 생성해 준다.

이렇게 챗GPT를 활용하여 주제로 삼고 싶은 단어를 정한 후, 해당 주제와 관련된 키워드를 생성하여 챗GPT가 생성한 키워드로 가사로 생성하거나, 주제의 키워드를 직접 입력하여 가사를 만들어 낼 수 있다.

활용도 높은 수노 유료 버전 살펴보기

수노에는 세 가지 요금제 플랜이 존재한다. 요금제에 따라 음악 제작을 위한 깊이 있는 자원과 고급 기능에 접근하는 데 차이가 있다. 요금제는 다음과 같다.

기본 요금제 (Basic Plan)

베이직 플랜은 무료이고, 하루에 50크레딧 10곡 생성이 가능하며, 동시에 두 개의 곡 생성이 가능하다. 별도의 추가 크레딧이 존재하지 않는다. 또한, 베이직 플랜으로 사용 시 생성된 곡을 상업적으로 사용할 수 없다. 본 플랜은 웹사이트 규정에 따라 변경될 수 있다.

프로 요금제 (Pro plan)

프로 플랜은 월 8달러(한화로 16,000원) 선이고, 해당 플랜을 이용할 시 한 달에 2,500 크레딧 500곡 생성이 가능하며, 동시에 10개의 곡 생성이 가능하다. 또한, 상업적으로 사용할 수 있어서 수익 창출이 가능하다. 본 플랜은 웹사이트 규정에 따라 변경될 수 있다.

프리미엄 요금제 (Premier Plan)

프리미어 플랜은 월 24달러(한화로 32,000원) 선이며, 해당 플랜을 이용할 시 Pro Plan과 동일하지만, 10,000 크레딧 2,000개의 방대한 곡 생성이 가능하다.

인공지능(AI)을 활용하면 누구나 쉽게 작곡을 할 수 있다. 시중에는 다양한 AI 작곡 프로그램들이 있지만, 본 도서에서는 AI 작곡 프로그램 중 가장 널리 알려진 아이바(AIVA), 사운드로우(Soundraw), 뮤지아 원(Musia one), 유디아(Udia) 네 가지에 대해 살펴보기로 한다.

아이바(AIVA)

딥 러닝(Deep learning) 기술을 기반으로 한 인공지능(AI) 작곡 툴로, 바흐, 베토벤, 모차르트 등 유명 작곡가들의 고전 작품을 학습한 후 약 3만개 이상의 음악을 생성할 수 있다. 주로 광고, 비디오게임, 영화 등의 사운드트랙을 구성하기 위해 지속적인 인공지능 학습 업데이트를 제공한다. 무료 버전에서도 높은 퀄리티의 곡을 빠르게 생성할 수 있으며, 미리 설정된 다양한 장르와 스타일의 음악을 미리 듣고 선택할 수 있는 기능들을 제공한다.

아이바는 사용자에게 다양한 편집 기능을 제공하며, 생성된 곡을 고유한 방식으로 수정하거나 멜로디, 악기 구성 등을 사용자가 원하는 방식의 편집을 할 수 있다. 이렇게 생성된 곡은 무료 버전으로 월 3회 다운로드가 가능하며 유료 결제 시스템을 통해 소셜 미디어 플랫폼인 유튜브, 트위치, 틱톡 등에서 수익을 창출할 수 있는 기능과 더 많은 다운로드 횟수가 제공된다.

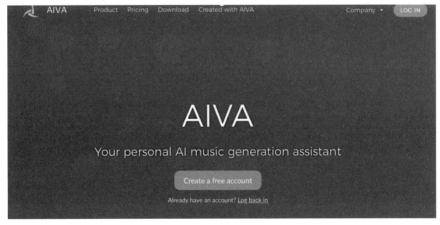

| 아이바 메인화면 |

사운드로우(Soundraw)

사운드로우는 일본에서 설립된 인공지능(AI) 음악 생성 플랫폼으로, 다양한 장르와 테마들을 제공한다. 사용자는 자신의 취향에 맞게 선택하여 음악을 직접 생성하고 편집할 수 있다. 악보와 음악 이론에 대한 공부를 하지 않아도, 음악을 직접 들으면서 편집할 수 있는 툴을 제공하며, 각 구간이나 악기별로 음을 강조할 수 있다.

사운드로우는 사용자가 생성한 음악을 다운로드하기 위해 유료 서비스를 요구한다. 이 플랫폼을 통해 제작된 음악의 다운로드 및 편집 시, 추가된 원본 요소에 대한 저작권은 사용자에게 귀속되지만, 전체 곡에 대한 저작권은 사운드로우가 보유한다. 물론, 사운드로우를 활용하여 생성된 음악은 유튜브와 같은 소셜 플랫폼에서의 수익 창출은 가능하다. 그러나 배경음악을 넘어서 개인적인 음악 작품으로 등록하고자 할 때는, 사용자가 만든 창의적인 부분이 전체의 40% 이상을 차지하고, 독창적인 새로운 곡으로 인식될 정도의 변화가 필요하다. 또한, 사운드로우로 제작된 음악을 단순히 이미지나 비디오와 함께 재생하는 형태의 사용은 허용되지 않는다.

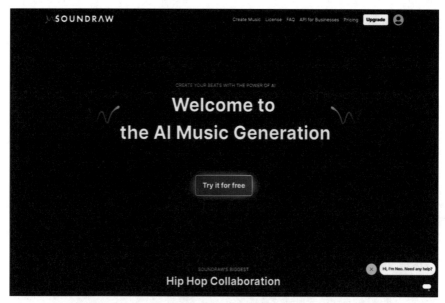

| 사운드로우 메인화면 |

뮤지아 원(Musia one)

뮤지아 원은 대한민국에서 최초로 개발된 AI 작곡 기술인 '이봄(EvoM)'을 사용한 인공지능 기반 툴이다. 딥 러닝과 진화 알고리즘을 결합한 뮤지아 엔진을 활용하여, 기존의 음악 데이터를 학습하는 것이 아니라 음악의 기본 원리인 화성학을 학습하여 사람과 유사한 방식으로 음악을 작곡하는 특징을 가지고 있다. 이를 통해 음악에 대한 지식이 없는 초보자나 비전공자들도 손쉽게 자신만의 음악을 만들고 편집할 수 있다. 또한, 뮤지아 원은 AI가 추천하는 음악을 기반으로 신속하게 완성곡을 만들 수 있으며, 별도의 추가 다운로드 없이 웹상에서도 작곡이 가능하다.

뮤지아 원은 직관적인 튜토리얼과 상세한 가이드를 제공함으로써, 사용자가 작곡 과정을 손쉽게 이해할 수 있도록 돕는다. MIDI 파일 다운로드 기능을 지원하여 사용자는 뮤지아 원으로 생성한 음악을 디지털 오디오 워크스테이션(DAW)에서 전문적으로 편곡할 수 있는 유연성을 갖추게 된다. DAW와 유사한 인터페이스를 제공하나 더 간소화된 형태를 채택하고 있어, 초보 사용자에게는 다소 도전적일 수 있으나, 이를 통해 전문가 수준의 음악 제작 경험을 제공한다.

| 뮤지아 원 메인화면 |

유디오(Udio)

최근 가장 관심을 끌고 있는 AI 작곡 도구인 유디오는 구글 딥마인드 연구원 출신들로 구성된 미국 스타트업에서 개발한 AI 음악 생성 플랫폼이다. 사용자가 AI를 활용하여 손쉽게 음악을 생성할 수 있도록 돕는 고급 음악 작곡 도구이며, 특히 다양한 장르와 스타일에 맞는 음악을 생산할 수 있는 능력을 갖추고 있어 고품질의 출력으로 맑고 선명한 보컬을 제공한다. 음악 이론이나 제작에 대한 배경 지식이 없어도 직관적으로 음악을 생성할 수 있는 사용자 친화적인 인터페이스를 통해 작곡을 할 수 있다.

유디오는 한 달에 최대 1,200곡을 무료로 생성할 수 있으며, 영어, 일본어, 중국어 등 다양한 언어를 지원한다. 하지만 한국어는 아직 공식적으로 지원하지 않는다. 사용법은 수노와 비슷하며, 텍스트 프롬프트를 입력하면 40초 이내에 노래를 생성해 준다. 현재 베타 버전으로 출시되어 완성도 면에서 아쉬운 점이 있지만, 추후 기능이 향상될 전망이며, 유료화될 가능성도 있다. 여기에서 먼저 유디오의 베타 버전을 통해 가볍게 즐기는 마음으로 살펴보도록 한다.

유디오를 활용한 초간단 작곡하기

1 **회원가입하기** 구글 검색기에서 **❶**udio를 검색한 후, 유디오 웹사이트가 검색되면, **❷** Udio AI Music Generator 링크 버튼을 클릭하여 유디오 웹사이트를 열어준다.

2 유디오를 사용하기 위해서는 회원가입이 필요하다. 메인화면 우측 상단의 **❶**Sign in 버튼을 클릭하여 회원가입에 필요한 창을 띄어준다. 유디오는 구글, 디스코드, 트위터 계정을 통해 간편 회원가입이 가능한다. **❷**자신이 사용하는 계정을 선택하여 회원가입을 한다. 그다음 자신이 사용할 닉네임 설정 창이 열리면, 사용할 닉네임을 **❸**Display Name에 입력한 후, 아래쪽 **❹**Submit 버튼을 눌러 프로필 설정까지 완료한다.

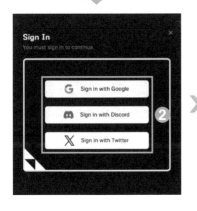
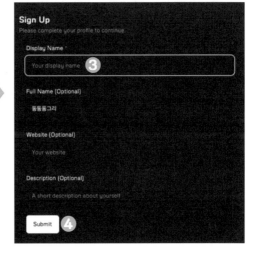

3 메인화면이 열리면 상단 프롬프트에서 생성하고자 하는 음악의 키워드(문장)를 입력하여 곡을 생성할 수 있다. 유디오 프롬프트는 영문으로 입력해야 하기에 구글과 같은 번역기를 활용해야 한다. 프롬프트 우측 두 개의 작은 사각형 모양의 아이콘은 랜덤 프롬프트를 제시해 주는데, 이 아이콘을 클릭할 때 마다 프롬프트가 랜덤으로 바뀐다. 랜덤으로 프롬프트를 생성하여 곡을 생성 할때 유용하다. 그리고 프롬프트 아래쪽 Suggested tags는 랜덤으로 음

악 장르를 제시해 주며, 사용자는 표시되어 있는 장르들 중 원하는 태그를 선택하면 된다. 태그 아래쪽 Lyrics는 사용자가 직접 가사를 입력할 수 있는 기능이다.

Custom 사용자가 직접 가사를 입력할 수 있다.

Instrumental 가사 없이 악기 연주만 들려주는 곡을 생성할 수 있다.

Auto - generated 자동으로 가사를 생성해 주거나 곡을 만들어준다.

4 곡 만들기 이제 유디오를 통해 초간단 k-pop 스타일의 곡을 만들어 본다. 여기에서 사용될 음악 스타일은 챗GPT에서 다음과 같은 프롬프트의 도움을 받아 생성하였다. 챗GPT를 활용법은 017페이지를 참고하기 바라며, 해당 가사는 [학습자료] - [책 속 프롬프트] 폴더에 있는 유디오 파일을 활용할 수 있다.

ChatGPT 4 ∨

👤 **You**
생성형 AI를 사용하여 K-pop곡을 만들거야. 너라면 어떤 프롬프트를 제안할거야?

⑯ **ChatGPT**
K-pop 곡을 생성하는 프롬프트는 음악의 스타일, 분위기, 그리고 주제를 다룰 수 있어요. 여기에 K-pop 곡을 위한 프롬프트 예시를 몇 가지 제공할게요.

1. **스타일 및 장르**: K-pop은 다양한 스타일과 장르를 포함해요. 당신이 어떤 스타일을 원한다면 이를 포함해보세요.
   - "강렬한 비트와 리드미컬한 댄스곡을 만들어줘."
   - "부드럽고 감미로운 발라드 곡을 원해."
2. **분위기와 감정**: 곡이 전달하고자 하는 감정을 정의하세요.
   - "에너지가 넘치고 신나는 분위기의 곡을 만들어줘."
   - "감성적이고 애절한 느낌의 곡을 만들어줘."
3. **주제 및 가사**: 곡의 주제와 가사 방향을 지정할 수 있어요.
   - "사랑과 이별에 대한 이야기를 담은 곡을 만들어줘."
   - "자신감과 자기애에 대한 메시지를 담은 곡을 원해."
4. **사용할 악기 및 효과**: 음악에 사용할 악기와 효과를 지정할 수 있어요.
   - "전기 기타와 드럼을 강조한 곡을 만들어줘."
   - "신디사이저와 전자음 효과를 많이 사용한 곡을 만들어줘."

이러한 요소를 결합하여 원하는 K-pop 곡에 맞는 프롬프트를 만들어보세요. 필요한 정보를 구체적으로 제공할수록 원하는 결과에 가까워질 거예요.

⑤ [책 속 프롬프트 유디오] 파일을 열면 다음과 같은 프롬프트를 확인할 수 있다. 해당 프롬프트 문장 부분을 ❶복사(Ctrl+C)한 후 유디오의 프롬프트에 붙여넣기(Ctrl+V)한다. 그다음 Lyrics를 ❷Auto-generated로 선택하고, ❸Create 버튼을 눌러 프롬프트에 맞는 곡을 생성한다. 지금의 예시로 생성된 곡은 k-pop 장르의 곡이기에 한국어 가사가 흘러나오지만, 베타 버전인 만큼 오류가 발생될 수 있다.

『Create a K-pop song with the following characteristics:

− **Style and Genre**: Fast beat, rhythmic, dance-oriented

− **Mood and Emotion**: Energetic, uplifting

− **Theme and Lyrics**: Confidence, self-love

− **Instruments and Effects**: Electric guitar, drums, heavy use of synthesizers 』

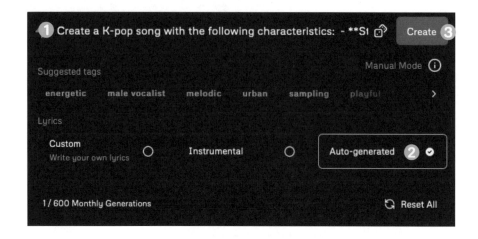

6 **가사 수정하기** 사용자는 유디오로 생성된 곡을 리믹스를 활용하여 재생성하거나 가사를 수정할 수 있다. Remix 버튼을 눌러 설정 창을 열어준다.

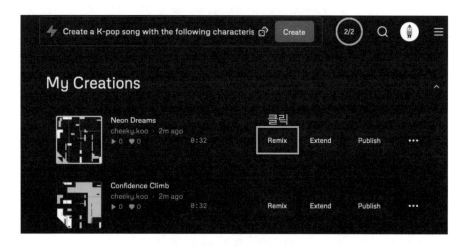

7 설정 창에서는 또 다른 프롬프트를 추가 하거나 ❶Variance를 사용하여 곡의 변화를 설정할 수 있다. 또한, 가사의 ❷Custom을 활용하여 사용자가 가사를 입력하거나 유디오가 생성한 가사를 수정할 수 있다. 설정을 완료했다면 우측 상단의 ❸Remix 버튼을 눌러 설정한 입력 값으로 곡을 재생성한다.

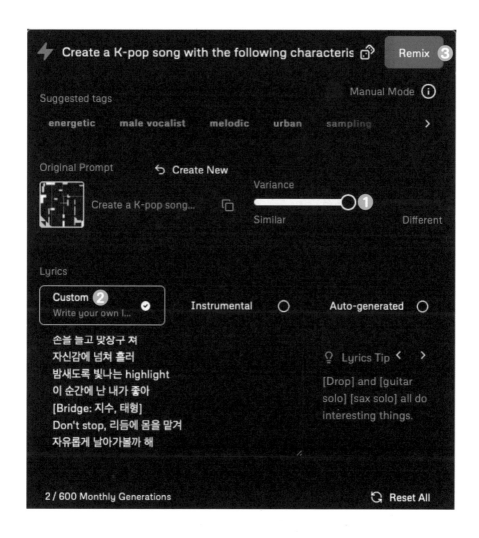

⚡ Create a K-pop song with the following characteris ⬚   Remix **3**

Manual Mode ⓘ

Suggested tags

energetic   male vocalist   melodic   urban   sampling   ›

Original Prompt   ↶ Create New

Create a K-pop song... ⬚

Variance

○——————————●**1**

Similar   Different

Lyrics

Custom **2**
Write your own l... ✓

Instrumental ○   Auto-generated ○

손늘 늘고 맞상구 쳐
자신감에 넘쳐 흘러
밤새도록 빛나는 highlight
이 순간에 난 내가 좋아
[Bridge: 지수, 태형]
Don't stop, 리듬에 몸을 맡겨
자유롭게 날아가볼까 해

💡 Lyrics Tip ‹ ›

[Drop] and [guitar
solo] [sax solo] all do
interesting things.

2 / 600 Monthly Generations   ↻ Reset All

8 곡의 길이 조절하기 이번엔 방금 수정된 곡에 대한 길이를 조절해 본다. 현재, 예시로
생성된 곡의 길이가 32초인데, 곡의 길이를 늘리기 위해 해당 곡의 **❶**Extend 버튼을 클릭하
여 길이를 설정할 수 있는 창을 열어준다. 이 설정 창에서는 Extension Placement 모드의 4가
지 길이 조절 구간을 사용할 수 있다. 오디오 재생 구간을 확인하기 위해 Extension Placement
위쪽 **❷**Select Section 모드를 켜준다. 그러면 곡의 전체 길이를 확인하며 들을 수 있다.

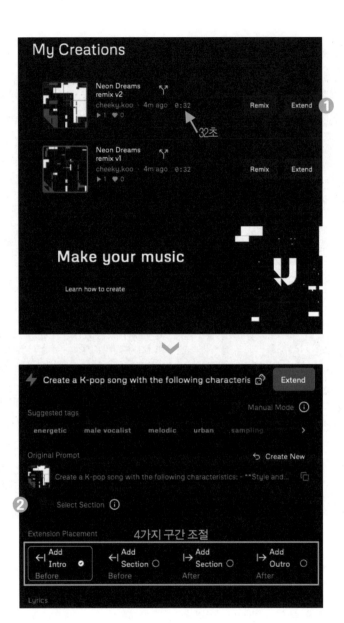

9 Select Section 모드에서 그림(화살표)처럼 오디오의 시작과 끝 부분을 이동하여 구간을 설정할 수 있는데, 여기에서는 예시로, 전체 구간을 선택한 후, ①Add Section After 버튼을 클릭, 그리고 가사 자동 생성을 위해 ②Auto-generated를 클릭한다. 그다음 우측 상단 ③ Extend를 클릭하면 32초였던 곡의 길이가 1:05초로 늘어난 것을 확인할 수 있다.

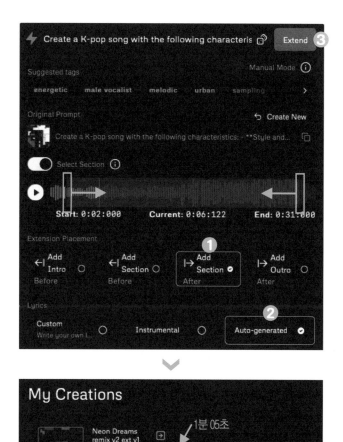

다운로드받기 생성된 곡을 최종적으로 저장하고자 한다면 해당 곡 우측의 ❶세 개의 점 모양 버튼을 클릭하여 나타나는 메뉴 중 ❷Download를 선택하여 곡을 저장할 수 있다.

01

작곡 시작하기

이 장에서는 전통적인 작곡 방식과 인공지능을 이용한 작곡의 장점을 비교하며, 음악 제작에 필수적인 기본 용어, 음표, 코드, 그리고 다양한 악기에 대해 살펴보기로 한다. 이 과정을 통해 창의력과 기술이 어우러져 새로운 음악의 가능성을 탐구하고, 자신의 창의력과 인공지능 기술이 결합될 때, 새로운 음악적 경험이 시작될 것이다.

01-1 일반적인 작곡 프로그램 이해하기

작곡을 시작할 때 많은 작곡가들은 MIDI(Musical instrument digital interface)와 DAW(Digital audio workstation)를 사용한다. MIDI는 음악 프로듀서, 뮤지션, 작곡가들 사이에서 널리 사용되며, 디지털 음악 작업 환경에서 중요한 역할을 하고 있으며, DAW는 음악 제작 및 편집을 위한 소프트웨어로, 음악을 만들고 녹음하며, 편집하고, 믹스하는 데 필요한 모든 기능을 제공하기 때문에 상호 협력으로 디지털 음악 창작 및 편집 작업을 가능하게 한다.

미디(MIDI)에 대하여

MIDI(Musical instrument digital Interface)는 음악 악기 간의 디지털 통신을 위한 표준 프로토콜로, 음악적 이벤트의 정보를 다루는 표준이다. 이를 통해 음향 및 음악 장비 간에 데이터를 교환하고 연결할 수 있다.

악기 제어 MIDI는 신디사이저, 키보드, 디지털 피아노, 드럼 등 다양한 악기를 컨트롤하고 연주하는 데 사용된다.

음악 제작 작곡가들은 MIDI를 통해 음악을 작곡하고 편집과 편곡을 할 수 있다.

시퀀싱 및 녹음 MIDI는 음악 시퀀싱 소프트웨어를 통해 녹음되고 편집되며, 여러 트랙을 활용할 수 있다.

DAW에 대하여

DAW(Digital audio workstation)는 디지털 오디오 및 MIDI 신호를 기반으로 음악을 작성, 편곡 및 편집, 믹싱하는데 사용되는 소프트웨어 또는 하드웨어의 집합이다.

다중 트랙 녹음 여러 소스에서 동시에 녹음하고 편집할 수 있다.

시퀀싱 및 루핑 MIDI 및 오디오 루프를 사용하여 음악의 구조를 만들 수 있다.

믹싱 및 이펙트 적용 오디오 트랙을 믹스하고, 이펙트를 추가하여 최종적인 음악 작품을 완성할 수 있다.

그렇다면 MIDI와 DAW의 상관 관계는 무엇일까? DAW는 MIDI 데이터를 처리하고 이를 기반으로 오디오를 생성한다. MIDI로 연주된 음악은 DAW에서 재생 또는 레코딩 되거나 가상 악기로 변환될 수 있다. 또한, DAW에서 MIDI를 사용하여 가상 악기 및 하드웨어 장비를 제어하고 연결할 수 있다.

최근 DAW는 서로의 기능을 흡수하고 통합하여, 일반적인 작곡에서 널리 쓰이는 Logic Pro X, Pro Tools와 같은 프로그램들은 작곡, MIDI 작업, 오디오 녹음, 믹싱 등을 모두 아우르는 통합된 환경을 제공하고 있다. 따라서, 이러한 프로그램들은 MIDI와 DAW의 기능을 함께 활용하여 음악 제작자들이 편리하게 작업할 수 있는 강력한 프로그램 도구로 자리잡고 있다.

결론적으로, MIDI는 음악적 이벤트를 전달하고 DAW는 이를 기반으로 음악을 창작하고 편집하는 도구로 사용된다. MIDI와 DAW를 함께 사용하면 디지털 음악 제작과 편집이 효과적이고 다양한 방식으로 가능하게 활용할 수 있다.

01-2 인공지능(AI)으로 작곡하는 이유

인공지능(AI)은 이제 더 이상 특정 분야에 한정되지 않고, 기술 및 과학을 넘어 우리의 일상에서 다양한 분야에 깊이 관여하고 있으며, 현재는 미술과 음악 분야에서도 능력을 발휘하고 있다. 오늘날 인공지능 작곡 기술은 놀라울 정도로 빠른 발전을 보이고 있다. 그로 인한 AI를 활용한 작곡 기술과 미래에 대한 전망은 여러가지 측면에서 흥미로울 것이다. 그렇다면 앞으로 AI를 사용한 작곡의 미래의 전망은 어떨까? AI를 활용한 작곡 기술과 미래에 대한 전망에 대한 흥미로운 요소는 다음과 같다.

창의성과 혁신의 지속적인 증가

알고리즘과 딥러닝 기술의 지속적인 발전으로 더욱 창의적으로 혁신적인 곡들이 쏟아져 나오고, 예상치 못한 음악적 실험과 보다 더 새로운 표현들이 등할 것으로 예상된다.

자율주행 음악 제작

앞으로의 미래에는 AI가 더욱 더 독립적으로 음악 작곡에 참여함으로써, 프롬프트에 더 신속하게 반응하여 자율주행(AI나 자동화된 기술 활용) 음악이 늘어날 것으로 예상된다.

더 나은 협업과 융합

AI와 인간 작곡가 간의 협업이 강화될 것으로 예상되며, 이를 통해 새로운 음악적 표현이 더욱더 발전할 것이다.

데이터 기반 예측과 음악적 트렌드 분석

대량의 음악 데이터를 기반으로 한 예측 모델이 더욱 정교해지며, 음악적 트렌드와 패턴을 식별하고 예측하는데 활용될 것이다.

앞으로 펼쳐질 인공지능의 음악 창작 경험은 혁신과 창의성의 새로운 지평을 열 것이다. 알고리즘과 딥러닝 기술의 급속한 발전은 우리가 예상하지 못한 음악적 실험과 표현의 형태를 가능하게 할 것이며, 이는 음악 세계에 더욱더 다채로운 색을 더할 것이다. 동시에, AI의 독립적인 작곡 능력은 자율주행 음악이라는 새로운 영역을 탐험하게 하며, 이는 사용자와의 상호작용을 보다 신속하고 효율적으로 만들어줄 것이다.

AI와 인간 작곡가 간의 강화된 협업은 새로운 음악적 형식과 아이디어를 탄생시킬 것이며, 이는 예술적 표현의 무한한 가능성을 열어줄 것이다. 또한, 대량의 음악 데이터를 분석하고 예측하는 기능은 음악 산업에 획기적인 변화를 가져오며, 트렌드와 패턴을 더욱 빠르고 정확하게 파악할 수 있게 할 것이다.

그러나 이 모든 진보와 기회와 함께, 예술과 기술의 균형을 유지하는 것, 윤리적 책임을 고려하는 것, 그리고 창작자의 권리를 보호하는 것은 중대한 도전이 될 것이다. 이러한 문제들을 성공적으로 해결하는 것은 AI 음악 창작의 미래가 지속 가능하고 윤리적으로 발전할 수 있는 기반을 마련해 줄 것이다.

이렇듯 인공지능 작곡 기술은 음악 창작에 새로운 가능성을 무수히 많이 제공하며, 손쉽게 자신만의 다양한 장르의 곡을 생성할 수 있지만, 반면에 예술과 기술의 균형, 윤리적인 책임, 창작자의 권리 등에 대한 다양한 문제들과 도전이 따르고 있다. 앞으로의 발전은 이러한 도전에 대응과 예측하기 어려운 음악 경험의 형성에 영향을 미칠 것이라 전망된다.

01-3 AI 작곡의 개념과 장점

AI 작곡은 인공지능 기술을 활용하여 새로운 음악을 생성하는 현대적 접근법이다. 이 과정에서 주로 적용되는 기술은 기계학습, 딥러닝, 자연어 처리와 같은 고급 알고리즘을 포함하며, 신경망 모델과 생성적 적대 신경망(GAN) 같은 생성 모델이 중심적으로 활용된다. 이러한 기술들은 방대한 음악 데이터를 분석하여 음악의 패턴, 구조, 스타일을 학습하고, 이를 바탕으로 창의적이고 독창적인 음악을 생성한다. 음악에 문외한인 비전공자들이 인공지능 작곡 기술을 활용하게 되면 다음과 같은 몇 가지 주요한 장점을 누릴 수 있다.

창의성 부재 보완

비전공자들은 작곡에서 창의성에 어려움을 겪을 수 있다. 하지만 인공지능은 예상치 못한 음악적 표현과 조합을 생성하여 창의성을 높여준다.

학습과 경험 부족 극복

음악 이론이나 악기 연주에 대한 전문 지식이 부족한 초보자들도 쉽게 사용할 수 있다. 인공지능은 사용자가 음악 이론이나 전문지식을 모르더라도 빠르게 작곡을 경험할 수 있도록 도와준다.

시간과 비용 절감

때로 작곡은 시간과 비용이 많이 소모된다. 인공지능을 활용하면 빠르고 다양한 아이디어를 생성하고, 사용자가 선택하고 수정할 수 있는 기초를 제공하여 생산성을 향상시키며, 제작 비용을 감소할 수 있다.

맞춤형 음악 경험

비전공자들도 자신의 취향에 맞는 음악을 생성하고, 자신만의 개인화된 음악 경험을 자유롭게 만들 수 있다. 이런 인공지능의 능력은 사용자 중심의 창작을 촉진하고, 음악 소비 경험을 더욱 개인화하며 사용자에게 맞는 맞춤형 음악을 제공할 수 있다.

실시간 피드백과 수정

인공지능은 사용자의 입력에 따라 음악을 실시간으로 생성하며 수정, 개선할 수 있어 초보자들이 자신의 작품을 빠르게 발전시킬 수 있다

상호작용과 학습

인공지능은 사용자와 상호작용하며 사용자의 기호와 스타일을 학습하고, 작곡에 대한 지속적인 학습을 제공한다.

음악 스타일의 다양성

인공지능은 다양한 방식의 학습을 통해 그로 인한 음악 스타일과 장르에서 작곡을 수행할 수 있다. 예를 들어, 특정 음악가의 스타일을 학습하여 그와 유사한 여러 다양한 작품을 생성하는 기술이 발전하고 있다. 이로 인한 새로운 음악적 표현과 조합을 생성할 수 있어 전통적인 음악 경험을 넘어 창의성과 혁신을 가져올 수 있다.

이렇듯 인공지능은 음악 창작의 장벽을 낮추고, 비전공자들에게도 창의적인 음악적 표현의 기회를 제공함으로써, 예술의 민주화를 촉진하고 있다. 이러한 기술은 창의성의 부족을 보완하고, 음악 이론에 대한 깊은 지식 없이도 개인화된 음악 경험을 가능하게 하며, 또한 시간과 비용을 절약하며, 다양한 음악 스타일과 장르의 경계를 넘나들며 새로운 음악적 조합을 창출한다. 이는 모든 사용자가 자신만의 음악을 창작하고, 개선하며, 진정으로 개인적인 예술 작업을 수행할 수 있게 함으로써, 음악과 상호 작용하는 방식을 근본적으로 변화시키고 있다. 이와 같이 인공지능 음악 작곡 기술은 계속해서 발전하며, 앞으로도 창작의 새로운 형태와 가능성을 계속해서 탐구할 것이다.

음악, 즉 작곡에 대한 아무런 지식도 없는 완전 초보자들이 음악을 보다 쉽게 이해하고, 작곡하는 것을 더욱 즐겁게 하기 위해서는 음악의 기본적인 규칙과 요소들을 알아 두는 것이 필요하다. 여기에서는 완전 초보자가 알아야 할 음악의 기초에 대해 살펴보기로 한다.

음표 (Note)

음표는 음악에서 소리의 기본적인 구성 요소로, 각각의 음표는 특정한 음 높이와 지속 시간을 나타낸다. 이러한 요소들은 음악의 멜로디와 리듬을 형성하는 데 필수적이며, 작곡가의 의도에 따라 다양한 음향적 특성을 구현한다.

2분음표 ♩

2분음표는 밝은 하얀 원에 직선 막대가 연결되어 있으며, 한 마디를 두 등분하는 길이를 표현한다. 일반적으로 이 음표는 두 박자의 길이를 지속한다.

4분음표 ♩

4분음표는 검은색 채워진 원에 직선 막대가 부착된 형태로, 한 마디를 네 등분한다. 이는 보통 한 박자의 시간 동안 지속된다.

8분음표 ♪

8분음표 역시 검은 원 모양이지만, 막대에 하나의 꼬리가 달린 형태를 가진다. 이는 한 마디를 여덟 등분하며, 통상적으로 반 박자 동안 지속된다.

16분음표 ♬

16분음표는 검은 원에 직선 막대가 있고, 그 막대에 두 개의 꼬리가 붙어 있다. 한 마디를 열여섯 등분하여, 보통 사분의 일 박자 동안 연주된다.

계이름 (Solfege)

음악 교육에서 사용되는 것으로, 각 음계의 음에 고유한 이름을 부여하여 학습자가 음악적 요소를 더 쉽게 이해하고 식별할 수 있도록 돕는다. 계이름 시스템은 보통 '도레미파솔라시도'라는 이름으로 알려져 있으며, 각 이름은 특정 음을 나타낸다.

도 C, Do)

도, 레, 미, 파, 솔, 라, 시, 도 음계의 시작점으로, 주요 키에서의 기본음을 나타낸다.

레 (D, Re)

레, 미, 파#, 솔, 라, 시, 도#, 레 기본음 다음에 위치하며, 조화롭게 음계를 이어가는 데 중요한 역할을 한다.

미 (E, Mi)

미, 파#, 솔#, 라, 시, 도#, 레#, 미 밝고 명료한 특성을 지닌 음으로, 종종 멜로디에서 강조점으로 사용된다.

파 (F, Fa)

파, 솔, 라, 시b, 도, 레, 미, 파 음계 중간에 위치하며, 음악적 구조에서 안정감을 제공하는 음이다.

솔 (G, Sol)

솔, 라, 시, 도, 레, 미, 파#, 솔 음계의 중심 음 중, 강력하고 에너지 넘치는 특성을 가지고 있다.

라 (A, La)

라, 시, 도#, 레, 미, 파#, 솔#, 라 음악적 표현에서 다양성을 부여하는 음으로, 다채로운 감정 표현에 적합하다.

시 (B, Ti/Si)
시, 도#, 레#, 미, 파#, 솔#, 라#, 시 음계의 마지막 음으로, 해결감을 주는 음이며, 다시 '도'의 전환을 유도한다.

장조와 단조 (Major key & minor key)
장조와 단조는 음악에서 조성에 따른 두 가지 주요한 성격을 나타내는 개념이다. 각각의 조성은 곡의 분위기와 감정 표현에 크게 기여한다. 장조 와 단조에 대한 설명은 다음과 같다.

장조 (Major)
3개의 음으로 구성되며, 도미솔처럼 3도와 5도를 쌓는 구조로, 메이저 코드는 밝고 경쾌한 느낌을 준다. 일반적으로 밝고 긍정적인 음색을 가진 음악 조성이다. 장조는 메이저 스케일을 기반으로, 주로 행복하고 활기찬 느낌을 전달한다. 도레미파솔라시도에서 [도]부터 시작하는 것이 대표적인 장조이다. 위의 나열된 계이름들을 각 시작 순서대로 피아노로 연주한다면 메이저 스케일이 완성된다.

단조 (minor)
메이저와 달리 3도 음정이 반음 내려가며, 어두우면서 감정적인 성격을 가진 음악 조성이다. 단조는 메이저 음계에서 3번째 음을 낮추어 만들어진다. 예를 들어, 도레미파솔라시도에서 [미]를 미b(미 플랫)으로 연주한다면 기본 단조 음계가 된다. 주로 슬프거나 감정적인 감정의 표현에 많이 사용되며, 많은 곡들이 감정적인 구간에서 단조로 변화하여 감정을 강조하거나 전달한다.

장조와 단조는 음악 작품의 전반적인 감정과 분위기를 형성하는 데 결정적인 역할을 하며, 작곡가는 이러한 음계를 사용하여 다양한 감정의 풍부함을 표현한다. 각 음계의 선택은 작품의 테마와 감정적 깊이에 큰 영향을 미치게 된다.

코드 (Chord)

음악 이론에서 코드는 여러 가지 음표가 함께 어울려 동시에 연주하여 음악적인 소리를 만들어내는 기본적인 구성 단위이다. 다음은 코드의 기본 구성은 무엇인지 간단하게 설명한 것이다.

코드의 기본 구성

기본적인 코드는 세 개 이상의 음표로 이루어져 있으며, 이 음표들은 서로 다른 음의 높낮이를 가지고 있다. 가장 간단한 코드는 세 개의 음표가 함께 연주되는 메이저(Major) 코드이다.

코드의 명칭

코드는 각 음표에 알파벳이나 숫자를 사용하여 이름이 붙는다. 가장 기본적인 코드는 C Major라고 불리며, 도, 미, 솔이 세 음표로 이루어져 있다.

코드의 역할

코드는 음악에서 중요한 역할을 하며, 특정 코드의 조합들은 감정을 표현하거나 음악에 강조를 더한다.

코드의 표기

코드는 악보에서 각 음표가 동시에 연주되는 것을 나타내는 기호로 표기된다. 악보 상에서 음표들이 같은 세로선 상에 위치하는 것을 확인할 수 있다.

| 코드의 표기 |

다양한 코드의 종류

음악에는 다양한 코드가 존재하며, 각 코드는 명칭과 소리의 특징을 가지고 있다. 예를 들어, D minor 코드는 레, 파, 라로 이루어진 코드이다.

멜로디(Melody)

멜로디는 음악에서 주요한 음표들의 연속으로 노래의 핵심 부분을 이루는 중요한 개념으로써, 여러 음표가 특정한 순서와 길이로 연결된 소리의 연속체를 나타내며, 음악에서 듣는 사람에게 곡의 감정과 분위기를 전달하는 중요한 요소이다.

음표의 연속성

멜로디는 음악에서 들리는 각 음표들이 순서대로 연결된 것이다. 듣는 이로 하여금 노래의 주된 부분을 인식하게 만든다.

음의 높낮이

음의 높낮이(Pitch: 피치)는 각 음표가 표현하는 소리의 높이를 의미한다. 음높이는 음계에 따라 정해지며, 높은 음표는 높은 주파수의 소리를, 낮은 음표는 낮은 주파수의 소리를 나타낸다. 음높이는 음악의 멜로디와 하모니를 형성하는 핵심적인 요소로, 음악적 표현의 다양성과 깊이를 제공한다.

리듬과 길이

멜로디의 각 음표는 특정한 길이와 리듬을 가지며, 이러한 요소들이 음악의 리듬을 형성하는 데 핵심적인 역할을 한다. 리듬의 길이가 길면 소리가 길에 들리고, 짧으면 소리가 짧게 들린다. 이것이 음악의 리듬을 형성하며, 다양한 길이의 음표들이 조화롭게 결합된다.

음악적 구조와 주제

멜로디는 음악 작품의 구조적 토대를 이루며, 곡의 주제나 주된 음악적 내용을 형성하는 결정적인 역할을 한다. 멜로디는 곡 전체의 구조 속에서 주제 제시, 발전, 재현, 종결 등의 여러 부분으로 나뉘어 있으며, 이러한 분할은 곡의 발전과 변화를 이끌어내는 데 중요하다.

계이름과 옥타브

계이름(Solfege)과 옥타브(Octave)는 음악에서 각 음표의 소속 음계와 높낮이 범위를 결정하는 중요한 요소이다. 이들은 음표가 어떤 음을 나타내는지와 그 음의 정확한 위치를 지정하여 음악적 표현과 조직을 가능하게 한다.

멜로디의 감정적 효과

멜로디는 음악에서 음의 선택, 높낮이, 그리고 리듬의 다양한 조합을 통해, 멜로디는 리스너에게 깊이 있는 감정적 요소를 제공한다. 이러한 멜로디의 요소들은 각각 다른 감정 반응을 유도할 수 있으며, 음악의 전반적인 분위기와 감동을 형성하는 데 결정적인 역할한다.

다양한 음악적 표현

멜로디는 음악의 다양한 장르에서 그 특성과 스타일을 반영하는 다양한 형태로 나타난다. 클래식, 팝, 재즈, 블루스 등 각 장르는 멜로디를 통해 독특한 감정과 이야기를 전달하며, 이는 해당 장르의 정체성을 구성하는 핵심 요소가 된다.

악기(Chord)

악기(Instrument)는 소리를 생성하는 도구 또는 장치를 지칭한다. 이것은 기계적인 방법을 통해 소리를 만들어내거나 손을 사용하여 직접 연주하기도 한다. 악기는 음악의 핵심이며, 각 악기는 특유의 소리와 특성을 지니고 있다. 악기의 종류와 다양성에 대한 설명은 다음과 같다.

악기의 주요 분류

악기는 소리를 생성하는 방법에 따라 다양한 범주로 분류된다. 주요 분류는 현악기, 관악기, 타악기, 전자악기 등으로 나뉘며, 이 분류들은 각각의 악기가 어떻게 소리를 내는지에 따라 정의되며, 이러한 분류 체계는 음악 연주와 작곡에서 악기의 역할과 사용법을 이해하는 데 도움을 준다.

현악기 (String instruments)

현악기는 줄이나 현을 통해 소리를 만드는 악기이다. 대표적으로는 바이올린, 비올라, 첼로, 피아노, 기타 등이 속해 있다. 현을 통해 소리를 낼 때 손가락이나 활을 사용하여 음의 높낮이를 조절할 수 있다.

관악기 (Wind instruments)

공기의 흐름을 이용하여 소리를 내는 악기로써, 이 범주에는 주로 목재 또는 금속으로 만들어진 다양한 피리류의 악기들이 포함되며, 주로 입이나 피리의 구멍을 통해 공기를 불어넣어 소리를 만든다. 플루트, 오보에, 클라리넷, 트럼펫 등이 관악기에 속한다.

타악기 (Percussion instruments)

물체를 치거나 흔들어 소리를 내는 악기의 범주이며, 리듬과 템포를 제공하고 음악 작품에 독특한 질감을 더하는 데 필수적인 역할을 한다. 타악기는 크게 정확한 피치를 가진 멜로딕 타악기와 특정 피치 없이 소리를 내는 비멜로딕 타악기 두 가지로 구분된다. 드럼, 실벌즈, 콩가, 보카 등이 타악기에 속한다.

전자악기 (Electronic instruments)

전기 신호를 활용하여 소리를 생성하고 조작하는 악기이다. 전자 키보드, 전자 드럼, 전자 기타, 신디사이저 등이 전자악기에 속한다.

악기의 특성과 표현

각 악기는 고유한 음향 특성을 가지고 있어 특별한 감정이나 분위기를 표현할 수 있다. 예를 들어, 피아노는 다양한 감정을 풍부하게 표현할 수 있는 다목적 악기이다.

02

아이바로 초간단
곡 만들기

인공지능은 작곡을 혁신적으로 단순화하였
다. 이 장에서는 아이바(AIVA)를 활용하여
누구나 쉽게 빠르게 작곡을 하는 과정을 단
계별로 소개한다. 학습을 통해 작곡의 진입
장벽을 낮추고 음악 창작의 즐거움을 느끼
게 될 것이다.

02-1 아이바 설치 및 사용법 익히기

아이바는 빅 데이터와 인공지능을 활용한 작곡 툴로, 주로 사운드트랙에 관련된 음악들에 특화되어 있지만, 이와 더불어 클래식부터 팝, 재즈 등 다양한 음악 장르의 수십에서 수천 개의 곡을 손쉽게 만들어 낼 수 있다. 사용자는 미리 설정된 스타일을 선택하여 다양한 음악의 분위기와 스타일을 손쉽게 결정하고 만들 수 있다. 또한, 아이바로 생성된 곡을 편집할 수 있는 사용자 친화적인 인터페이스를 제공하여 기존에 생성된 곡을 사용자의 취향에 맞게 편집할 수 있다. 이제부터 아이바를 사용하여 곡을 만드는 방법에 대해 알아본다.

1 **회원가입 및 설치** 구글 검색기에서 ❶AIVA를 검색한 후, 아이바 웹사이트가 검색되면, ❷AIVA, the AI Music Generation Assistant 링크 버튼을 클릭한다.

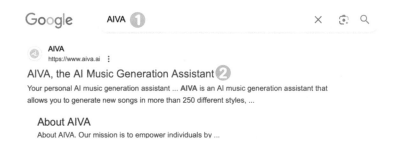

2 아이바의 메인화면이 나타면, 우측 상단의 ❶LOG IN 버튼 또는 ❷Create a free account 버튼을 클릭한다.

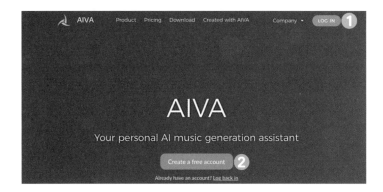

3 아이바는 구글 계정과 연동이 가능하므로, ❶구글 계정을 클릭한 후, ❷자신의 구글 계정을 선택하여 로그인을 해주면 된다.

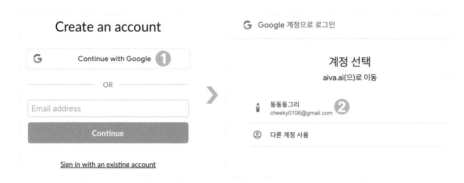

4 로그인이 되면 메인화면 좌측 하단에 Download App 버튼을 누른다.

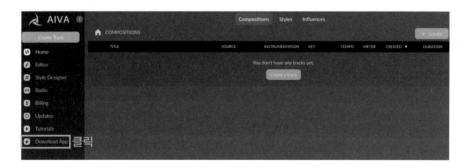

5 그러면 그림처럼 별도로 아이바 어플리케이션을 다운로드할 수 있는 경로가 뜨며, 자신의 컴퓨터 운영체제(윈도우즈, 애플, 리눅스)에 맞는 다운로드를 선택하여 설치하면 된다. 참고로 아이바는 웹사이트에서도 사용할 수 있으므로, 사용자의 편의에 맞게 사용하면 된다.

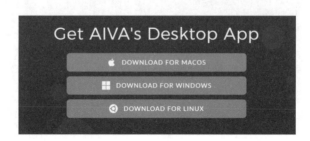

아이바 주요 메뉴(기능) 살펴보기

먼저 아이바의 인터페이스의 주요 기능에 대해 알아보자. 다음은 아이바 인터페이스 좌측에 있는 기능들에 대한 설명이다.

Home 아이바(AIVA)의 메인 홈 화면으로 갈 수 있다.

Editor 생성된 곡을 편집하거나 악기 구성을 바꿀 수 있다.

Style Designer 사용자 만의 스타일의 장르를 만들 수 있다.

Radio 미리 생성된 다양한 장르의 곡 들을 들어 볼 수 있다.

Billing 아이바 요금제에 대한 설명을 볼 수 있다.

Updates 아이바 업데이트 정보를 확인할 수 있다.

Tutorials 아이바 튜토리얼 관련 자료를 확인할 수 있다.

Create Track의 활용: From a Style을 활용한 곡 생성하기

메인 홈 화면에서 좌측 상단에 있는 ❶Create Track 버튼을 클릭한다. 그러면 그림과 같은 여러 개의 메뉴들이 나타난다. 메뉴를 살펴보기 위해 먼저 ❷From a Style을 선택한다.

Styles Library

1 스타일 라이브러리에서는 다양한 장르 스타일의 샘플 예시 곡들을 보여주며, 가볍게 시안을 들을 수 있다. 또한, 직접 원하는 스타일을 검색하여 찾아 사용할 수 있다.

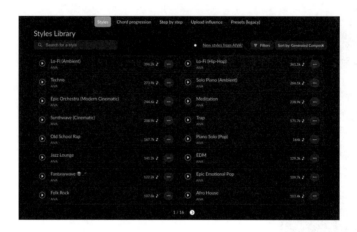

2 여기에서 From a style을 예시로, 간단하게 팝 장르의 곡을 빠르고 쉽게 만들어 보자. 좌측 상단 검색창에 **❶**pop을 입력하고 검색한 후, 하단의 **❷**pop punk 장르에 마우스를 올리면 Create 버튼이 표시된다. Create 버튼을 클릭한다.

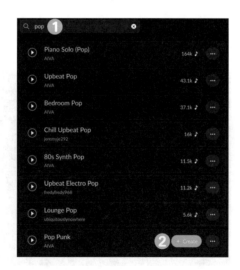

3 Create from a style 창이 뜨면, ❶key Signature(장조, 단조)를 사용하여 사용자가 원하는 음계의 장 단조를 선택할 수 있으며, Duration(길이)에서 30초에서 3분까지의 사용자가 원하는 시간의 곡을 설정할 수 있다. 설정을 마친 후, Number of Compositions(곡 개수)를 선택하여 같은 장르의 몇 곡을 만들어 내기를 원하는지에 대한 설정을 완료하고 ❷Create tracks 버튼을 누르면 곡이 생성된다.

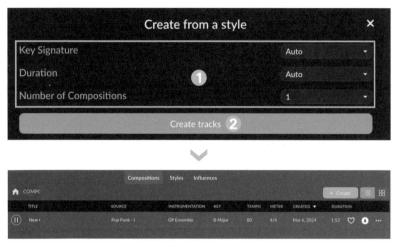

| 생성된 곡 |

Create Track의 활용 : From a Chord progression을 활용한 곡 생성하기

1 이번에는 ❶Create Track에서 ❷From a Chord progression을 선택한다. 해당 기능은 사용자가 원하는 코드 진행을 기반으로 새로운 작곡을 생성할 수 있다. 즉, 사용자가 직접 코드 진행을 입력 및 코드를 수정할 수 있다.

2 다음과 같이 사용자가 원하는 스타일을 선택하는 화면이 나타나면, 살펴보기 위해 EDM 장르를 선택해 본다. 선택한 장르 옆의 <u>Select</u> 버튼을 누른다.

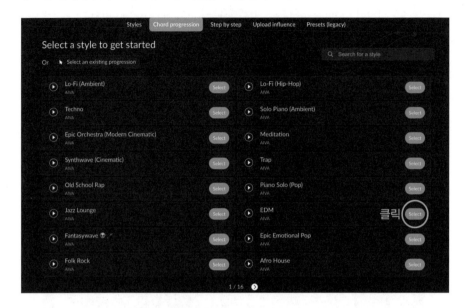

3 코드를 직접 수정하여 곡을 생성할 수 있는 화면이 나타나면, 자신이 원하는 코드를 선택하거나, 선택한 코드를 자르거나 덧붙이는 편집을 하여 새로운 곡을 만들 수 있다.

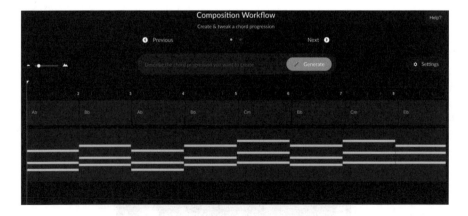

4 간단한 설명을 위해 좌측에 있는 <u>연필 모양의 Generate</u> 버튼을 누른다. 그러면 원하는 코

드를 설정할 수 있으며, 설정된 코드를 나눌 수도 있다.

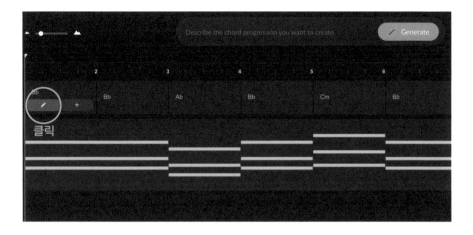

5 여기에서 자신이 원하는 코드를 선택하고, 꾸미고 싶은 코드로 설정하면, 다음 페이지의 6번 예시 그림처럼 선택한 코드로 바뀐다.

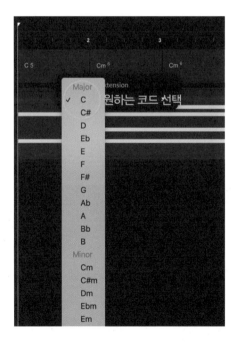

6 자신이 원하는 코드에 맞게 변경했다면, 상단의 Generate 버튼을 클릭한다. 그러면 변경된 코드 프로그레션(Progression)대로 곡이 생성된다.

💡 **프로그레션(Progression)이란?**

하나의 화음이 다음 화음으로 자연스럽게 이어지는 과정을 말한다. 특히, 코드 프로그레션(Chord Progression)이라고 할 때는 일련의 화음들이 특정한 순서와 구조로 연주되어 멜로디와 하모니를 형성하는 음악적 구성을 지칭한다. 코드 프로그레션은 곡의 감정적 흐름과 분위기를 결정하는 중요한 역할을 하며, 각 장르나 스타일에 따라 다양한 프로그레션 패턴이 존재한다. 이러한 화음의 진행은 음악의 동적인 움직임을 만들어 내며, 긴장감 해소를 제공하고, 곡의 전반적인 구조를 지탱한다.

Create Track의 활용: Step by step을 활용한 곡 생성하기

1 이번에는 프로그레션 그리고 사용자가 원하는 편곡과 악기 설정까지 단계별로 설정하는 방법에 대해 알아보기 위해 ❶Create Track에서 ❷Step by step을 선택한다.

2 Select a style to get started에서 자신이 원하는 장르를 선택했다면, 선택한 장르 옆에 <u>Select</u> 버튼을 눌러준다. 필자는 <u>Jazz Lounge</u>를 선택하였다.

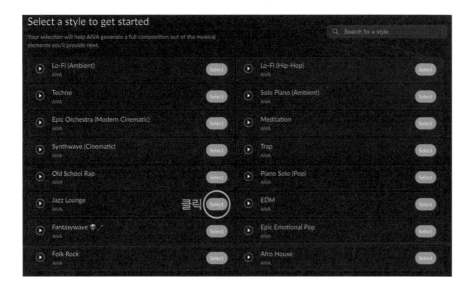

3 선택한 장르의 코드 프로그레션(이전 페이지 참고) 편집 후, 상단의 ❶Generate 버튼을 눌러 곡을 생성한다. 그다음 ❷Next 버튼을 누른다.

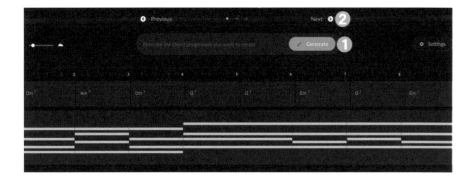

4 편집 창 화면에서는 자신이 생성한 곡에 대한 트랙들의 악기 구성을 바꿔줄 수 있다. 여기에서 <u>원으로 표시된 메뉴</u>를 클릭하면 다음과 같은 메뉴가 나타난다.

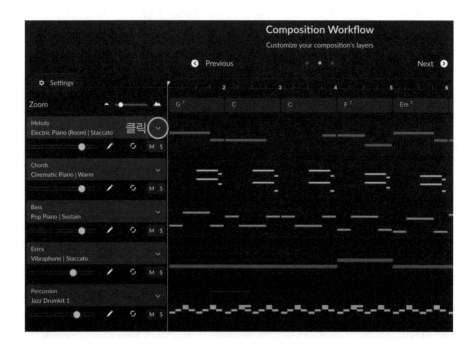

⑤ 앞서 선택한 ❶메뉴에서 ❷Instrument을 선택한다. 그러면 기존 설정된 악기가 아닌 다른 악기로도 선택하여 사용자가 원하는 악기로 설정해 줄 수 있는 창이 나타난다.

⑥ **악기 구성하기** Search through 창에서 ❶❷❸[Mallets] – [Marimba] – [Staccato]를 선택한다.

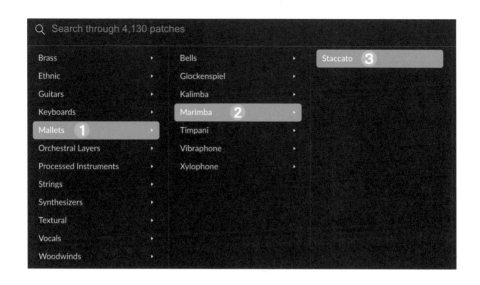

7 그러면 자신이 선택한 악기 구성이 바뀐 것을 확인할 수 있다. 이제 각 트랙들을 사용자의 원하는 악기로 바꿔 준다.

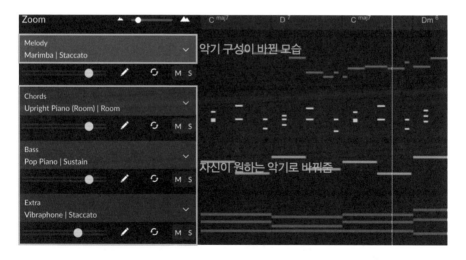

8 계속해서 각 <u>트랙에 마우스 커서</u>를 갖다 놓으면 나타나는 ①<u>Regenerate layer</u> 버튼을 누른다. 그러면 자신이 선택한 악기 구성으로 소리가 변경된다. 악기 구성 변경 후, 상단 ②<u>Next</u> 버튼을 눌러준다.

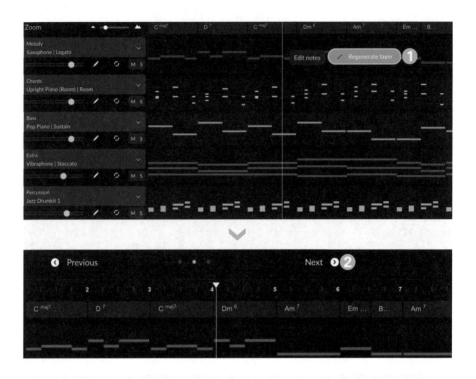

9 **완성된 곡 제목, 길이 설정 및 생성할 곡 개수 설정하기** Composition Workflow에서는 생성된 곡에 대한 제목과 곡의 길이(시간), 개수, 악기 계측 변화 허용, 그리고 자신의 계정에 작업물을 저장할 것인지에 대한 옵션들이 표시된다. 자신이 원하는 **①**곡 제목을 작성하고, 곡 길이(시간)을 선택하고, 곡의 개수를 선택한 후, 하단의 **②**Create_composition을 클릭하면 곡 생성이 완성된다.

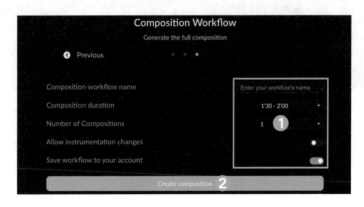

10 **다운로드 및 형식 알아보기** 곡이 완성되면 우측에 곡 정보들이 뜨며, 우측의 <u>다운로드</u> <u>버튼(화살표)</u>을 클릭한다.

11 아래 그림은 생성된 곡을 어떤 방식으로 다운로드할 것인지에 대한 세부 설정(선택)을 할 수 있는 화면이다. 다음의 설명을 통해 자신이 원하는 파일을 어떤 형식으로 다운로드할 것인지 결정하면 된다.

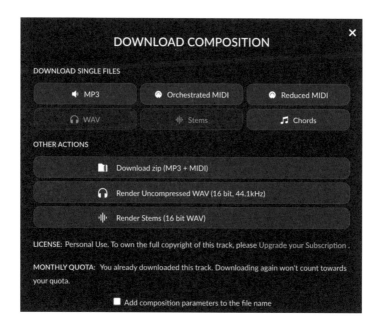

MP3 생성한 곡의 MP3 파일을 다운로드할 수 있다.

WAV 무손실 압축 포맷 파일을 다운로드할 수 있다.

Orchestrated MIDI 또는 Reduced MIDI 버튼을 선택하면 생성된 곡의 악기 구성이 담긴 미디 파일들을 받아 DAW에서 사용할 수 있다. 주의해야 할 점은 DAW로 해당 미디 파일들을 이동시킬 때, 아이바에서 재생되는 곡의 트랙들이 의도하지 않은 악기 구성으로 나타날 수 있다. 이 경우 사용자는 직접 원하는 악기 구성으로 DAW 내의 악기들을 선택하여 설정해 주어야 한다.

Stems 생성된 곡 트랙을 구성하는 각각의 음원 파일들을 다운로드할 수 있다.

그 외에도 코드들을 별도로 다운로드할 수 있는 형식과, 생성된 트랙의 MP3와 미디 파일이 합쳐진 압축 본 파일들을 다운로드할 수 있다. 해당 화면에서 Wav, Stems, Chords 파일들과 같은 다양한 파일의 다운로드 지원을 받기 위해서는 유료 결제를 사용해야 하는데, 요금제 관련 사항은 [요금제 살펴보기]에서 확인한다.

02-2 생성한 곡, 디테일하게 편곡하기

앞서 설명한 방법을 통해 곡을 생성했을 때, 아이바 에디터(Editor)를 사용하면, 더욱 디테일하게 편집을 할 수 있다. 디테일한 편집 기능들은 다음과 같다.

1 생성된 곡의 우측 <u>세 개의 점으로 된 메뉴</u>를 클릭하여 메뉴를 열어준다.

2 **Editor을 활용하여 편곡하기** 메뉴에서 ❶Open in Editor를 선택하면 다음과 같이 생성된 곡의 악기 구성이 담긴 트랙들이 순서대로 나열되며, Editor 화면이 생성된다. 해당 에디터 화면에서 ❷각 트랙들을 클릭(선택)해 보면 각 트랙에 해당하는 Dynamics, Frequency 등과 같은 기본 사운드 효과를 편집할 수 있는 목록들이 기본적으로 켜져 있는 상태로 나타난다.

Dynamics 소리에 세기나 강도를 나타낸다. 음악의 감정과 표현을 조절하며, 악기의 연주나 노래의 다양한 효과를 부여하는데 주로 사용된다.

Low frequency cut 저 음역대의 주파수 절단을 나타내며, 낮은 주파수의 소리를 줄이거나 제거할 수 있다. 불필요한 노이즈나 특정 환경에서 발생하는 저주파수를 제어하고자 할 때 사용된다.

High frequency cut 고주파수 절단을 나타내며, 높은 주파수의 소리를 줄이거나 제거할 수 있다.

Low frequency cut과 마찬가지로 불필요한 노이즈나 특정 환경에서 발생하는 고주파수를 제어하고자 할 때 사용된다.

Reverb 리버브레이션(Reverberation)의 줄임말로, 사운드가 반사되어 여러차례 반사되는 현상을 나타내는 용어이다. 특정 공간에서 소리가 벽, 천장, 바닥 과 같은 표면과 충돌하여 반사되어 그 반사된 소리들이 서로 교차하면서 형성된다. 공간의 크기, 형태, 재질에 따라 다양한 리버브 효과가 만들어진다.

Delay 원본 소리를 지연시켜 반복 재생되도록 하는 것으로, 소리가 특정 시간 후에 다시 들리게 되어 공간감을 부여하거나 특별한 효과를 추가 하는데 사용된다.

Auto staccato 스타카토는 음악에서 각 음표를 간격을 두고 짧게 연주하는 기법으로, 각 음이 서로 떨어져 들리는 특징이 있다. 이 기능을 활성화하면 사용자가 입력한 음악이나 악기에서 자동으로 스타카토 효과가 적용된다.

3 살펴보기 위해 ❶Chords 트랙을 선택한 후, 하단에 나열되어 있는 ❷Dynamics의 우측에 있는 ❸그래프 모양의 버튼을 클릭하면, 기본적으로 자동 생성된 다이나믹의 효과 그래프를 볼 수 있다.

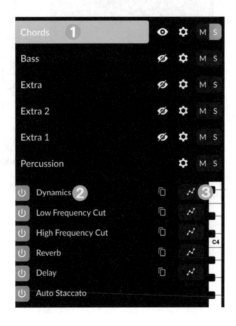

4 그래프 화면에서 클릭 & 아래로 드래그하면 다이내믹 효과가 감소되며, 올리면 다이내믹 효과가 더 살아난다. 자신이 원하는 강도의 다이내믹을 조절해 본다.

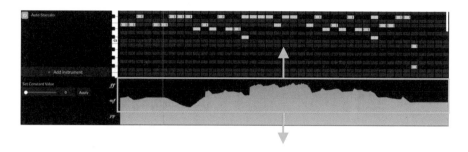

다이내믹 외에 Low frequency cut, High frequency cut, Reverb, Delay의 사용법은 방금 설명한 다이내믹과 동일하다. 다만, Auto staccato의 경우, 별도의 버튼 없이 전원 모양의 버튼만 눌렀다 켜놓으면, 자동으로 설정되어 설정에 대한 온 오프 기능을 사용할 수 있다.

악기 구성 추가하기

이번에는 Editor의 또 다른 기능인, 생성된 악기 트랙에 부분적으로 악기를 새롭게 추가하거나 편집할 수 있는 방법에 대해 알아본다.

1 **악기 구성 추가하기** 악기 구성 추가의 예시로, 먼저 ❶Extra라는 악기를 선택 후, 우측 ❷S 버튼을 눌러 해당 트랙의 소리만 들리도록 한다. 그다음 좌측 하단의 ❸+Add Instrument 버튼을 눌러 새로운 기본 피아노 악기 트랙을 생성한다.

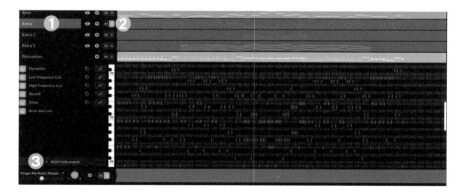

2 새로 추가된 트랙(위쪽)에서 스페이스바를 누른 후 곡을 재생하면, 기존의 Extra 악기 소리와 새로 생성된 피아노 악기 소리가 동시에 재생된다. 트랙의 긴 모양의 바는 인공지능(AI)이 생성한 악기 트랙에서 나온 노트들로 이루어져 있으며, 해당 바의 길이만큼 노트들이 재생되어 소리가 흘러나온다.

3 새로 생성한 기본 피아노 악기 이름 우측의 역삼각형 ▼ 모양의 버튼을 누르면 자신이 원하는 악기로 변경할 수 있는 메뉴가 나타난다.

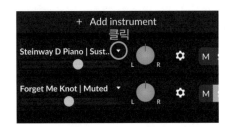

4 방금 선택한 악기 목록에서 ❶❷❸[Mallets] - [Marimba] - [Staccato]를 선택하여 변경한다. 그다음 악기 선택 창을 닫으면, 자신이 선택한 Marimba 악기로 변경된 것을 알 수 있다. 이제 변경한 악기 우측의 ❹S 버튼을 눌러 해당 트랙의 소리를 켜준 후, 스페이스바를 누르면 아래쪽 악기(Extra) 트랙과 새로 생성된 마림바(Marimba) 악기의 소리가 동시에 재생된다.

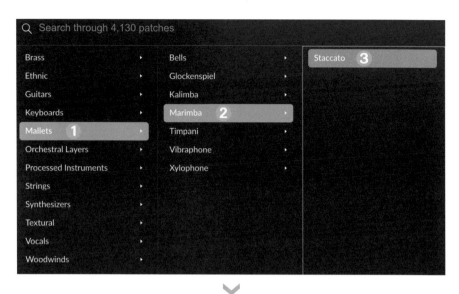

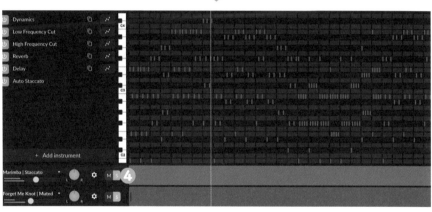

5 **재생 영역 설정하기** 사용되는 트랙 영역(바)의 시작점과 끝점을 원하는 만큼 조절하면, 조절한 영역만큼의 악기의 소리가 재생된다. 그림처럼 위쪽 마림바(Marimba)를 노트 세 번째 줄에서 다섯 번째 줄까지 맞춰 놓은 후, 스페이스바를 눌러 재생하면 엑스트라(Extra) 악기와 함께 재생되던 마림바 소리가 세 번째 노트 칸까지 재생되지 않다가, 세 번째 노트 칸부터 다섯 번째 노트 칸까지만 함께 재생된다.

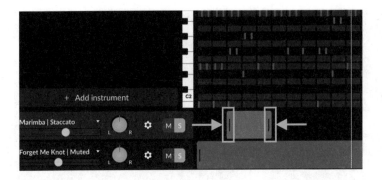

6 **악기 트랙 복제하기** 새로운 악기를 추가할 경우, 생성된 트랙의 복제(Duplicate) 기능으로도 가능하다. 복제하고 싶은 악기에서 ❶<u>톱니바퀴 모양의 설정</u> 버튼을 눌러 ❷<u>Duplicate</u> 메뉴를 선택한다. 그러면 해당 악기 트랙과 똑같은 악기 트랙이 복제(생성)된다.

7 악기를 추가하거나, 이미 생성된 악기는 그대로 다시 복사하여 마디마디를 추가하거나 제거하여 편집할 수 있다.

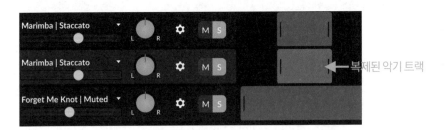

복제된 악기 트랙

패닝(Panning) 사용하기

각 악기의 트랙마다 패닝 기능을 사용할 수 있다. 그림처럼 동그라미와 양 옆에 있는 L(왼쪽) R(오른쪽)으로 된 기능이 패닝이다. 이 동그라미를 왼쪽(L)으로 회전하면 해당 악기 트랙의 소리가 왼쪽에서만 들리게 되고, 오른쪽(R)으로 회전하면 오른쪽에서 소리가 나오게 된다.

이렇게 같은 악기 트랙에 대해 사용자가 설정한 막대 범위만큼 패닝을 각각 왼쪽과 오른쪽 으로 조절하면, 두 악기 트랙의 소리가 동시에 나오거나 왼쪽에서 먼저 들리거나 오른쪽에 서 먼저 들리는 효과를 만들 수 있다.

박자 설정하기

Editor에서 생성된 곡은 박자를 설정할 수 있다. 현재 생성된 곡 전체의 박자는 80으로 설정 되어 있지만, Tempo 부분 우측의 Edit 버튼을 클릭한 후 자신이 원하는 박자를 입력하여 박 자를 설정할 수 있다.

주요 장르별 박자 (BPM)

박자는 BPM(Beats per minute)라고도 불리며, 한국어로는 분당 박자 또는 분당 비트 수라고 한다. BPM은 분당 몇 번의 박자가 발생하는지 측정하며, 음악의 템포와 리듬을 결정하는 중요한 요소이다. 예를 들어, 60BPM은 1분에 60박자, 즉 1초에 1박자의 의미로, 이는 매우 느린 템포이다. 음악에서 가장 일반적으로 사용되는 템포는 120~125BPM이다. 해당 템포는 음악에 에너지와 활기를 제공하며, 다양한 장르에 적용할 수 있다. 여러 장르에서 해당 템포가 선호되는 이유는 아래와 같다.

팝 음악 120~125BPM은 팝 음악에서 흔히 사용된다. 댄서블한 리듬을 만들어내기 좋으며, 일반 청중에게 친숙하다.

댄스와 일렉트로닉 음악 120~125BPM은 댄스와 일렉트로닉 음악에서도 자주 사용된다. 클럽과 파티에서 활기찬 분위기를 조성하기에 적합하다.

록 음악 록 장르에서도 120~125BPM은 자주 볼 수 있다. 해당 템포는 빠르지 않지만 충분한 에너지를 제공하기 때문에 록 음악의 특성과 잘 어울린다.

힙합 힙합은 다양한 템포를 사용하지만, 120~125BPM은 드럼 패턴과 랩 플로우에 적절한 속도를 제공한다.

템포는 음악에서 다양하게 적용되므로, 120BPM이 아니더라도 다른 템포들도 다양한 장르와 스타일에 맞게 사용된다. 예를 들어, 70~80BPM의 다소 느린 템포는 발라드와 R&B에 많이 사용되기도 하며, 130BPM 이상의 빠른 템포는 하드코어 록이나 펑크, 데스메탈 음악에서 많이 사용된다. 템포는 음악의 분위기와 감정을 형성하는 중요한 요소이므로, 곡을 만들 때 자신이 전달하고자 하는 메시지와 느낌에 따라 템포를 선택하면 된다.

이번에는 아이바를 이용하여 음악 작업을 시작하는 방법을 단계별로, 아이바 설치부터 기본 사용법을 익히는 것으로 시작하여, 아이바의 다양한 기능을 살펴보고, 실제로 음악 트랙을 생성하는 여러 방법을 살펴볼 것이다. 학습을 통해 원하는 장르와 분위기를 고르고 설정하여 나만의 음악 스타일을 만들 수 있다.

사운드트랙 장르 생성하기: 다양한 스타일 실습

아이바의 스타일 디자이너(Style designer)에서는 사용자가 직접 곡의 장르와 분위기를 설정하여 곡을 생성할 수 있다.

1 홈 화면에서 ❶Style Designer 버튼을 누른 후, 우측 상단의 ❷+Create 버튼을 누른다.

2 ❶+Create 버튼을 누르면 나타나는 메뉴에서 ❷Style을 선택하여 여러 개의 감정 표현을 선택할 수 있는 스타일 창을 열어준다.

3 스타일 창 아이콘은 왼쪽부터 아무것도 없는, 차분한, 신나는, 두려운, 슬픈, 긴장감으로 곡에 대한 감정 표현을 설정할 수 있다. 사운드트랙 장르를 위해 위의 긴장감을 선택하여 생성할 곡의 디테일을 설정할 수 있는 설정 창을 열어준다.

4 설정 창에서는 다이내믹 레인지와 같은 여러 설정들을 더욱 디테일 하게 다룰 수 있는데, 일단 다음의 해당 포지션들에 대한 설명을 확인해 본다.

Settings

Dynamic range 생성할 곡의 소리의 강도(세기) 범위를 나타낸다. 가장 강한 소리와 가장 약한 소리 사이의 차이를 지정할 수 있다.

Expressive performance 생성할 곡의 음악적 표현의 다양한 측면을 다루는 것을 나타낸다. 템포의 변화, 리듬의 강조, 음향적 특성 등이 표현적 연주의 일부이다. 듣는 이에게 감정적인 인상을 전달할 수 있다.

Auto-mixing 생성될 곡의 믹싱 과정을 자동화하는 것을 나타낸다. 생성될 트랙의 각 파트 부분의 볼륨이나 밸런스 등을 조절하고 균형을 맞추어 최종적으로 균형 잡힌 혼합물을 생성할 수 있다.

Time signature 사용자가 원하는 박자를 설정하여 곡의 박자를 생성할 수 있다.

Tempo range 사용자가 생성할 곡의 템포를 설정할 수 있다.

Development 작곡의 섹션 중 하나로, 주로 곡의 중간 부분에 나타나며 곡에 대한 아이디어를 변형하거나 확장하여 발전시킬 수 있다. 사용자는 해당 부분을 클릭하면 조금씩 변형시키는 작곡 기법을 포함하여 곡을 생성할 수 있다.

Harmony

Strategy 음악 설정에서 음악을 생성하는 과정에서 채택되는 계획이나 방법, 그리고 사용자가 자신의 음악을 효과적으로 계획하고 구성하기 위해 사용하는 전체적인 방향성을 나타낸다.

Dataset 사용자가 생성할 곡에 대해 체계적으로 구성된 데이터의 집합이다. 생성하고자 하는 곡에 대한 필요한 정보를 담고 있는 데이터셋을 사용하여 사용자의 입맛대로 곡의 분위기를 설정할 수 있다.

Harmonic repetition 특정 화성적인(음악이론) 패턴이나 진행을 얼만큼 반복할 것인지 설정할 수 있다. 사용자가 생성할 곡의 전체적인 구조나 특정 구간에서 발생할 수 있다.

Harmonic pacing 음악적 요소들의 조화를 통해 전체적인 흐름이나 진행을 제어할 수 있는 설정이다. 주로 화음의 연속적인 전개와 조화로운 전체적인 음악적 경험을 조절하려는 목적으로 사용된다.

Key Signature 생성할 곡의 조표를 설정할 수 있다.

Bass

Simple sustained bass 생성된 곡에서 설정된 악기의 간단한 형태의 베이스 라인을 나타낸다. 해당 설정은 베이스 라인의 음표나 화음이 상대적으로 길게 유지될 수 있는 설정을 할 수 있으며, 주로 기본 음표나 기본적인 패턴을 따라간다.

Chords

Fully sustained Triad (3 Voices) 음악 이론에서 사용되는 용어로, 완전히 지속된 3화음을 나타낸다. 특정 연주나 작곡 상황에서의 음악적 결정을 설명하는데 사용되며, 각 음이 서로 연결되어 색다른 표현을 만들어내는데 활용할 수 있다.

5 사운드트랙 장르 학습을 위해 좌측 상단의 <u>Dynamic Range</u> 부분에서 자신이 원하는 만큼의 소리 세기를 설정해 본다. 예시로, 평균에서 점점 크게 설정하기 위해 <u>Average to Loud</u>를 선택해 보자.

6 다음으로, <u>Expressive performance</u>에 해당하는 ❶메뉴에서 약간의 템포 변화를 주면서 사람이 직접 연주는 느낌에 대한 설정을 할 수 있다. 살펴보기 위해 예시로, ❷<u>Little tempo variations, humanized dynamics</u>를 선택해 본다.

7 계속해서 코드와 베이스 두개의 볼륨 중 사용자가 원하는 만큼의 소리를 조정하기 위해 Auto-mixing의 **❶**메뉴를 클릭하여 설정 창을 띄운 후, 예시로 **❷**Chords 2db, Bass 1db로, 코드가 베이스보다 1 더 큰 소리로 들릴 수 있도록 설정해 본다.

8 이번엔 생성할 곡의 마디 박자를 선택하기 위해 Time signature에서 예시로 3/4, 즉 4분의 3박자로 설정해 본다.

9 **하모니 설정하기** Harmony 파트로 내려와서, Strategy 부분을 <u>Functional</u>로 설정한다. Functional의 Dateset 기능을 사용하면 전체적인 장르 부분의 패턴을 선택할 수 있다.

10 **①**<u>Dataset</u>를 설정을 클릭하면 특정 화성적인(음악이론) 패턴이나 진행을 얼만큼 반복할 것인지 고르거나 전체적인 장르 부분의 패턴과 장르를 확인할 수 있다. 설정 창 우측 상단의 **②**<u>Show all</u>을 누르면 여러 장르들이 나타난다.

11 메뉴가 나타나면 **❶**Soundtrack을 선택한다. 그러면 다양한 키워드의 사운드트랙 장르 정보들이 나타난다. 여기에서 **❷**Intermediate Mixed Chords II를 선택(체크)한 후 우측 상단의 **❸**X 버튼을 클릭하면 설정이 완료된다.

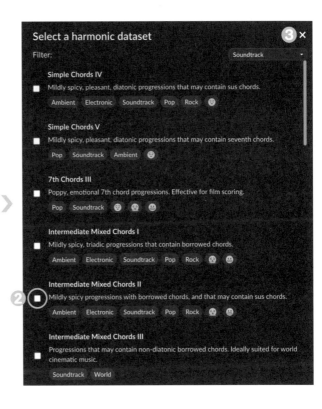

12 계속해서 선택한 곡의 Harmonic repetition과 Harmonic pacing을 설정해 본다. 이 옵션들 은 특정 화성 패턴이나 진행을 얼만큼 반복할 것인지, 전체적인 흐름이나 진행의 제어를 얼 만큼 줄 것인지 조절할 수 있다. 사용자가 원하는 만큼의 양으로 조절할 수 있으며, 설정을 완료하면 사용자가 조절한 만큼의 양들이 생성할 곡의 전체적인 구조나 특정 구간에서 발생 할 수 있다.

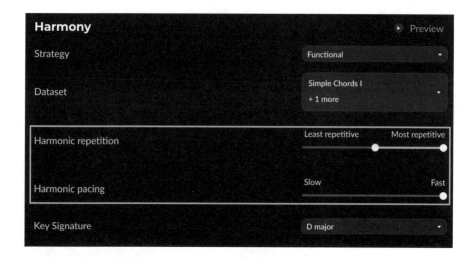

💡 화성(Harmony)이란?

화성은 여러 음을 동시에 조합하여 만드는 '화음'의 구성과 진행을 다루는 음악 이론의 한 분야이다. 음악에서는 여러 음이 함께 울릴 때 특별한 느낌을 주는데, 이런 조합을 우리는 '화음'이라고 부른다. 예를 들어, 피아노에서 세 개의 키를 동시에 누르면 그 소리가 조화롭게 어울려 아름다운 하모니를 만들어내는 것과 같다.

💡 화성 패턴(Harmonic progression)이란?

화성 패턴은 이러한 화음들이 특정한 순서로 진행되는 것을 말한다. 음악에서 화성 패턴은 마치 이야기를 풀어내듯, 시작부터 절정, 그리고 마무리까지 감정의 흐름을 만들어낸다. 예를 들어, 어떤 노래의 후렴구를 들었을 때 행복하거나 슬픈 느낌이 드는 것도 화성 패턴 때문이다.

13 이번엔 생성할 곡이 어느 스케일(음계)로 만들어질 것인지 설정하는 Key Signature에 대해 알아본다. Key Signature의 설정을 클릭하면 장조와 단조에 해당하는 여러 스케일들이 표시된다.

14 메뉴가 열리면 자신이 원하는 스케일을 선택하면 된다. 여기에서는 예시로, <u>C minor</u> 스케일을 선택해 본다.

15 **베이스 설정하기** 이번엔 베이스 설정에 대해 알아본다. 베이스 서스테인 설정은 생성될 곡에서 설정된 악기의 간단한 형태의 베이스 라인을 나타내며, 사용자가 설정한 악기의 베이스 라인의 음표나 화음이 상대적으로 길게 유지될 수 있는 설정을 할 수 있다. 팝 피아노로 설정된 악기를 변경하기 위해 <u>우측 상단 톱니바퀴 모양의 설정</u> 버튼을 클릭한다.

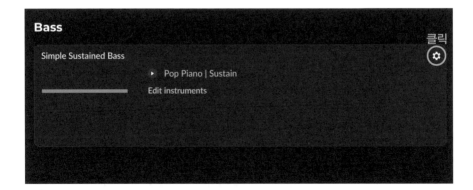

16 메뉴가 나타나면 Edit instruments를 선택해 본다.

17 그러면 다음과 같은 화면이 뜨고, ❶Pop Piano에 마우스 커서를 갖다 놓으면 우측 Similar instruments와 Enable note tie가 표시된다. 여기에서 ❷Similar instruments를 선택하면 비슷한 악기 종류가 표시된다.

18 Similar instruments 설정 창의 좌측 상단에 있는 Keyboards 키워드를 클릭한다.

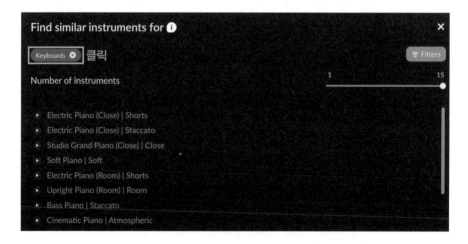

[19] 그러면 전체화면 좌측 상단에 다음과 같은 화면이 표시된다. 여기에서 나열되어 있는 악기들을 선택하면, 선택한 악기들이 추가로 표시된다. 예시로, ❶Keyboards를 클릭하여 해제한 후 아래쪽 ❷Strings 옵션을 체크해 본다. 그러면 스트링 파트 악기들만 표시가 된다.

[20] 계속해서 베이스 선택 후, 우측 하단의 +Add instrments를 클릭하면 화면이 표시된다.

[21] **악기 삭제하기** 설정이 완료 되면 이제 각 악기 위에 마우스 커서를 갖다 놓는다. Similar instruments, Enable not tie 버튼이 뜨면, ❶우측의 X 버튼을 눌러 원치 않는 악기를 삭제할 수 있다. 예시로, ❷Basses/Legato와 Basses/Vibrato Legato를 삭제하면 다음과 같이 삭제된 악기는 화면에서 사라진다.

22 **템포과 디벨로프 설정하기** 다시 전체화면으로 이동한 후 화면 우측 상단의 Setteings 부분에서 생성할 곡의 템포 설정과 곡의 형성 아이디어 변경과 감정 설정에 대해 알아본다.

디벨로프먼트(Development)란?

25번 작업 과정에서처럼 생성할 곡에 대한 음악 레이어 수를 설정할 수 있다. 레이어는 음악적인 텍스처를 형성하고, 음악의 깊이와 다양성을 더해준다. 따라서, 레이어 수의 증가는 음악적인 표현의 확장과 풍부화를 가져올 수 있다.

23 먼저 Tempo Range는 박자를 입력(설정)할 수 있다. 예시로, 100에서 125 사이의 박자로 설정해 본다. 이것으로 앞으로 생성될 곡은 템포 100에서 125 사이로 만들어진다.

24 이번엔 Development 설정에 대해 알아본다. 디벨로프먼트는 작곡의 섹션 중 하나로, 주로 곡의 중간 부분에 나타나며, 곡에 대한 아이디어를 변형하거나 확장하여 발전시킬 수 있다. 살펴보기 위해 우측의 song 1이라고 된 메뉴를 클릭한다.

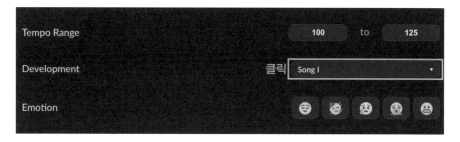

25 디벨로프먼트 설정 창이 열리면, 첫 번째로 Minimum number of layers의 수를 지정할 수 있다. 이것은 특정 작업이나 프로젝트를 위해 필요한 최소한의 음악 레이어 수를 지정할 수 있는데, 음악의 복잡성과 다양성을 고려하여 프로덕션을 계획하고 구성할 때 중요한 요소가 될 수 있다. 여기에서는 기본 2를 그대로 사용한다.

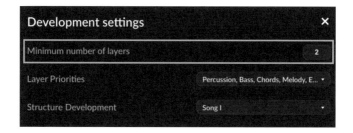

26 Layer Priorities는 생성될 곡의 레이어 에서 각 레이어간의 상대적인 중요도나 우선순위를 설정할 수 있다. <u>Layer Priorities 우측의 메뉴</u>를 클릭하면, 자동적으로 생성된 우선순위들의 레이어를 확인할 수 있다.

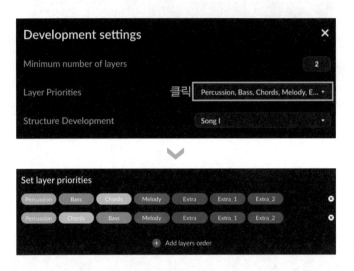

Percussion 퍼커션은 드럼과 같은 타악기와 관련된 요소를 선택할 수 있다. 타악기는 드럼, 탬버린, 콩가와 봉고와 같은 악기이다. 타악기는 리듬과 타이밍을 강조하는 역할을 하고 음악에 에너지와 활력을 더하는데 중요한 역할을 한다.

Bass 베이스는 낮은 음역에서 연주되는 악기 요소를 선택할 수 있다. 베이스는 곡의 리듬과 하모니를 뒷받침하는 역할을 하는 악기와 그 역할을 말하고, 음악의 하단 부분을 책임지는데, 주로 드럼 킥을 따르게 된다. 베이스 기타, 더블베이스, 신디사이저 베이스 전자악기 세 가지가 있다.

Chords 코드는 생성할 곡을 구성하는 메인 코드를 연주하는 악기 요소이다. 가령, 곡 구성이 C – G – C – G라면, 피아노 같은 악기로 도 미 솔, 솔 시 레, 도 미 솔, 솔 시 레를 반복해서 코드를 깔아주는 역할을 한다.

Melody 멜로디는 생성할 곡의 멜로디 라인을 구성할 수 있다.

Extra 엑스트라는 퍼커션, 베이스, 코드, 멜로디를 제외한 추가적으로 구성할 수 있는 악기를 선택할 수 있다.

27 ❶Structure development 우측의 메뉴를 클릭하면, 여러 장르 스타일의 구조들이 표시된다. 여기에서는 예시로, ❷시네마틱(Cinematic)을 함께 체크해 본다.

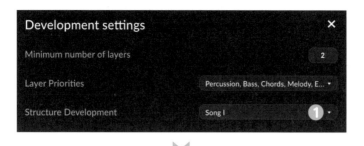

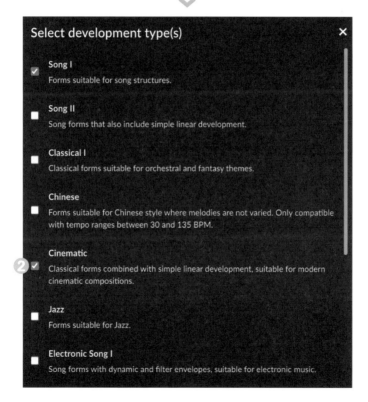

28 곡의 구성 레이어 설정을 마쳤다면, 생성될 곡의 감정을 설정해 본다. Emotion에서 마지막에 있는 이모티콘에 마우스 커서를 갖다 놓는다. Tesnion이라고 뜨면, 클릭하여 Confirm emotion selection 창을 열어준다.

29 열린 화면은 지금까지 설정한 부분들을 보여준다. 이제 <u>Apply emotion selection</u> 버튼을 클릭하면, 자신이 설정한 곡에 긴장감의 감정이 추가되어 곡이 생성되며, 스타일 디자이너 설정의 메인화면으로 돌아온다.

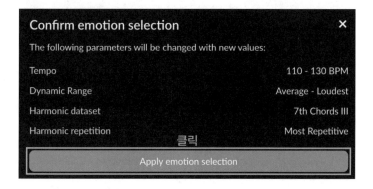

30 이번엔 <u>Chords</u>을 살펴본다. 이 설정은 완전히 지속된 3화음을 설정할 수 있다. 해당 악기 설정 방법은 앞서 <u>베이스 설정하기</u> 악기 변경 방법과 동일하므로 자신이 원하는 악기로 똑같이 변경해 주면 된다.

31 모든 설정을 끝나면, 우측 상단 <u>Create</u> 버튼을 누른다. 그러면 최종 생성 스타일 설정 창이 열린다.

32 스타일 설정 창이 열리면, 자신이 설정한 ❶곡의 스케일을 C minor로 설정해 주고, 생성할 곡의 원하는 시간과 곡의 개수를 설정한 후 ❷<u>Create tracks</u> 버튼을 누른다. 그러면 자신의 스타일 디자이너를 사용하여 설정한 사운드트랙 장르의 곡이 생성된다.

스타일 디자이너를 사용한 곡에 악기 레이어 추가하기

앞선 학습에서 나열된 방법으로 스타일 디자이너를 활용하여 생성한 곡을 들어보면, 사용자가 설정한 스타일 디자이너에서 기본값으로 적용된 코드 레이어와 베이스 두 가지 트랙의 소리만 나온다. 여기에서 좀 더 다양한 악기 소리를 위해 스타일 디자이너를 활용해서 여러 개의 악기를 추가하는 방법에 대해 알아본다.

1 먼저 리듬을 위한 퍼커션을 추가해 본다. 사용자 취향에 맞는 곡을 생성하기 위해 스타일 디자이너를 활용하여 기본적인 설정을 마쳤다면, ①Add new layer를 클릭한 후, Add layer 창이 뜨면, Percussion (max 1) 아래쪽 ②Confirm selection을 클릭한다.

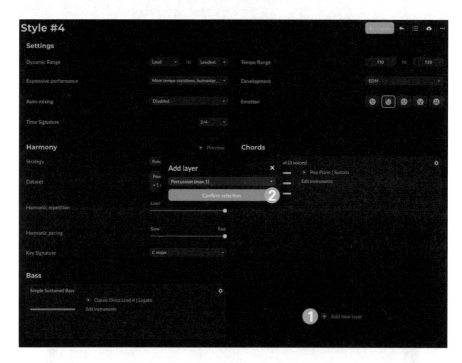

2 **리듬 선택하기** 적용할 레이어를 찾을 수 없다는 메시지가 나타나면, Add accompaniment pack을 클릭한다. 그러면 퍼커션에 적용할 리듬을 선택할 수 있다.

3 필자는 리듬 선택을 위한 예시로, EDM 장르의 곡을 생성하기 위해 스타일 디자이너를 설정하였으므로, Disco percussion patterns를 선택하였다. 해당 리듬을 선택하면, 선택한 디스코 퍼커션 패턴이 적용된 화면이 표시된다.

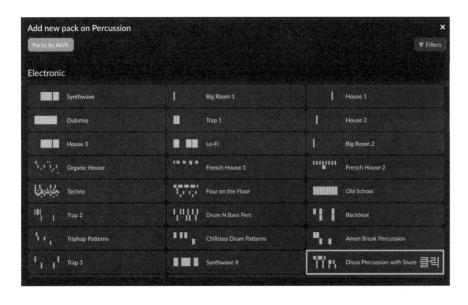

4 화면에서 다시 빨간색 느낌표와 함께 리듬을 적용할 악기가 없다는 문구가 표시되어 있다. 여기에서 악기 추가를 위해 <u>Add instruments</u>를 클릭하면 악기를 추가할 수 있는 창이 표시된다.

5 **악기 추가하기** 악기 추가 창에서 ❶<u>+ Add instruments</u>를 클릭한 후 메뉴가 열리면, ❷ <u>Add instruments</u>를 선택하여 퍼커션에 해당하는 악기를 선택할 수 있는 창을 열어준다.

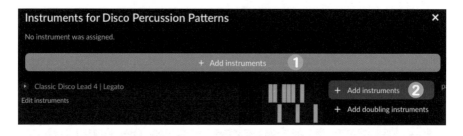

6 생성할 EDM 장르의 곡을 위해 디스코 퍼커션 리듬 패턴을 선택했으므로 이에 알맞은 ❶<u>Disco</u>를 ❷<u>Disco kit 1</u>로 선택한다.

7 설정이 끝나면 해당 창이 자동으로 닫히고, 자신이 선택한 리듬 패턴과 악기가 설정되어 있는 것을 확인할 수 있다. 이제 멜로디 레이어 추가를 위해 <u>Add new layer</u>를 클릭한다.

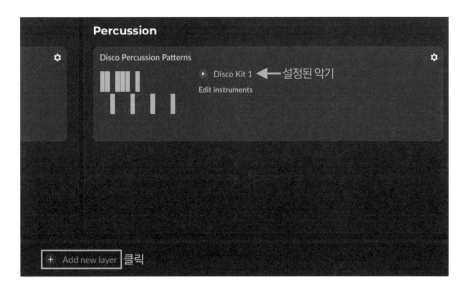

8 새로운 레이어를 추가할 수 있는 설정 창이 열리면, 기본값인 ①<u>Percussion</u>를 클릭한 후 ②<u>Melody</u>로 선택하여 바꿔준다. 그다음 ③<u>Confirm selection</u>을 클릭하면 멜로디 레이어가 추가된 것을 확인할 수 있다.

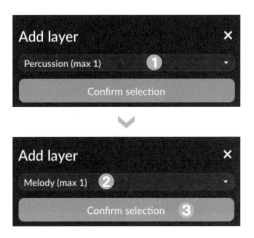

9 **멜로디 레이어에 악기 추가하기** 멜로디 레이어가 추가되어 있는 상태에서, 퍼커션을 처음 설정할 때처럼 멜로디 레이어에 해당하는 악기가 없다는 문구와 함께 빨간색 느낌표가 표시되어 있다. 이제 멜로디 레이어를 위한 악기 추가를 위해 <u>Add instruments</u>를 클릭하여 멜로디 레이어를 위한 악기를 선택할 수 있는 창을 열어준다.

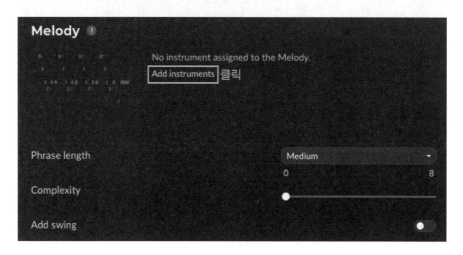

10 필자는 EDM 디스코 리듬을 위해 ①②③④⑤[신디사이저] - [디스코] - [리드] - [클래식 디스코 리드 1] - [스타카토]를 선택하였다. 설정을 끝나면 자동으로 창이 닫히고, 사용자가 설정한 악기가 적용되어 있는 것을 확인할 수 있다.

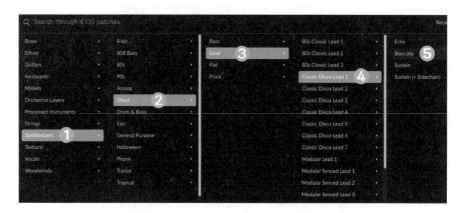

11 **멜로디 길이 설정하기** 지정한 멜로디 악기의 길이는 세 가지 방식으로 설정을 할 수 있다. Phrase length에서 Phrase란 음악의 문장이나 구문을 의미한다. 음악 장르에 따라 프레이즈의 형태와 길이는 다양할 수 있으며, 현재는 Medium 기본값이 적용되어 있는데, 클릭하여 Short, Medium, Long 중 하나를 선택할 수 있다.

12 길이를 보통(Medium)으로 설정한 후, Complexity 값을 조절하여 멜로디 구성의 복잡성을 설정할 수 있다. 값을 증가하면 멜로디 구성이 복잡 해지며, 줄이면 멜로디 구성이 단순해 진다. 멜로디 구성 설정을 한 후, Add swing을 켜거나 꺼서 멜로디 전체에 리듬의 변화를 주어 그루브를 줄 수 있다. 살펴본 것처럼 사용자는 + Add new layer 기능을 통해 원하는 스타일 디자이너를 활용하여 악기 레이어를 추가하여 다채로운 악기로 구성된 곡을 생성할 수 있다.

아이바 요금제 살펴보기

아이바는 무료 버전으로도 훌륭한 기능을 제공하지만, 유료 요금제를 사용하면 더욱 다양한 활용이 가능하다. 아이바는 세 가지 요금제가 있으며, 각 요금제에 따른 내용은 다음과 같다.

무료 요금제

아이바에 가입하면 자동으로 설정되는 무료 요금제이다. 아이바를 처음 사용하는 사용자들을 위한 것으로, 곡을 만들고 편집하는 것은 무제한이지만 아이바를 사용하여 생성한 음악을 수익 창출이나 다른 목적으로 사용할 수 없으며, 아이바로 생성된 곡의 모든 저작권은 아이바에 속한다. 더불어, 아이바를 이용하여 생성한 곡을 활용할 때는 꼭 아이바로 만들었다고 명시해야 한다. 해당 무료 요금제를 사용할 시 매월 3회 사용자가 아이바로 만든 곡의 무료 다운로드가 가능하며, 최대 3분 길이의 곡을 만들고 다운로드할 수 있다. 또한, MP3 및 MIDI 형식의 다운로드 기능 또한 사용 가능하다.

Free, Forever

€0

No credit card required

For beginners who want to use
compositions for non-commerci
use cases only, and don't mind
giving credit to AIVA.

⚠ Copyright owned by AIVA

⚠ No monetization

⚠ Credit must be given to AIVA

✓ 3 downloads per month

✓ Durations up to 3 minutes

✓ Download MP3 & MIDI formats

스탠다드 요금제

유튜브, 트위치, 틱톡, 인스타그램과 같은 곳에서 작품을 수익 창출을 하고 싶은 콘텐츠 크리에이터들을 위한 요금제이다. 이 요금제를 매월 15유로(한화로 약 21,600원) 정도의 요금을 내고 이용할 수 있다. 무료 요금제와 마찬가지로 곡 생성과 편집은 무제한이다. 또한, 유튜브 트위치 등 해당 플랫폼에서 아이바로 생성한 곡의 저작권은 사용자에게 속하지만, 해당 플랫폼 외에는 제한된 저작권으로 주장할 수 없다. 매월 15회의 곡 다운로드가 가능하며, 무료 버전과는 달리 5분 이상의 길이로 곡을 만들 수 있다. 또한 MP3 및 MIDI 형식의 다운로드 기능도 무료 버전과 동일하게 사용 가능하다.

Standard Monthly

€15 / month + VAT, if applicable

Billed Monthly

Recommended for content creators who want to monetize compositions only on Youtube, Twitch, Tik Tok and Instagram.

⚠ Copyright owned by AIVA
⚠ Limited monetization ❶
✓ No need to credit AIVA
✓ 15 downloads per month
✓ Durations up to 5 mins
✓ With influences: up to 3 mins 30 secs
✓ Download MP3 & MIDI formats

프로 요금제

작품의 저작권을 소유하고 제한 없이 수익 창출을 하고자 하는 크리에이터들을 위한 요금제이다. 이 요금제는 매월 49유로(한화로 약 74,000원) 정도의 요금을 내고 이용할 수 있다. 무료 요금제와 스탠다드 요금제와 마찬가지로 곡 생성과 편집은 무제한이며, 수익 창출이 가능하고 아이바로 생성한 모든 곡의 저작권은 사용자에게 돌아간다. 매월 300회 다운로드가 가능하며, 최대 5분 30초 길이의 곡을 생성할 수 있다. 또한, 모든 파일 형식으로 다운로드가 가능하며 고음질 WAV 파일로 제공받을 수 있다.

Pro Monthly

€49 / month + VAT, if applicable

Billed Monthly

Recommended for creators who want to own the copyright of their compositions, and monetize without restrictions.

✓ Copyright owned by YOU
✓ Full monetization
✓ No need to credit AIVA
✓ 300 downloads per month
✓ Durations up to 5 mins 30 secs
✓ With influences: up to 3 mins 30 secs

☑ 해당 요금제에 대한 내용은 웹사이트(업체) 규정에 따라 달라질 수 있다.

사운드로우로 곡
만들기

인공지능을 활용한 작곡은 더 이상 전문가
만의 영역이 아니다. 이번 장에서는 인공지
능 작곡 툴인 사운드로우를 활용하여 곡의
스타일, 악기, 템포 등 다양한 기능들을 통
해 자신이 원하는 음악을 쉽고, 빠르게 만드
는 방법에 대해 알아본다.

사운드로우(SOUNDRAW)는 사용자가 원하는 분위기, 장르, 길이를 설정할 수 있게 해주는 AI 기반 음악 생성 플랫폼이다. 이 플랫폼을 통해 사용자는 손쉽게 다양한 스타일의 음악을 생성하고, 개별 곡의 세부 사항을 직접 조정할 수 있다. 이로써, 사용자는 빠르게 여러 트랙을 제작할 수 있다. 이는 효율적이고 유연한 음악 제작 과정을 가능하게 한다.

1 **회원가입하기** 구글 검색기에서 ❶사운드로우를 검색하여 사운드로우 웹사이트가 검색되면, ❷AI Music Generator - SOUNDRAW 링크 버튼을 클릭한다.

2 사운드로우의 메인화면 우측 상단의 Sign up 버튼을 클릭한다. 그러면 사운드로우 계정을 생성할 수 있는 창이 열린다.

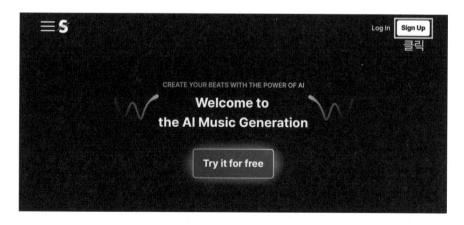

☑ 해당 화면과 메뉴는 웹사이트(업체) 리뉴얼에 따라 변경될 수 있다.

3 사운드로우는 구글과 계정 연동이 되어있기에 <u>구글 계정</u>이 있다면 손쉽게 구글로 로그인하여 접속할 수 있다. 또는, 구글이 아닌 다른 이메일 계정이 있을 경우, 구글 연동 계정 아래쪽의 이메일과 비밀번호를 입력하여 간단하게 접속이 완료할 수 있다.

4 사운드로우 메인화면에서는 장르가 기본적으로 랜덤하게 설정된 장르들에 해당하는 곡들이 생성되어 나타난다. 사운드로우를 사용하여 곡을 만들기 위해 자동으로 현재 생성되어 있는 <u>Sports & Action</u> 버튼에서 X 버튼을 눌러 장르 선택에 들어가 본다.

사운드로우 주요 메뉴(기능) 살펴보기

사운드로우 주요 메뉴를 사용하여 곡의 장르와 분위기, 곡의 길이(시간) 등을 포함한 생성할 곡을 위한 디테일한 설정을 할 수 있다. 해당 메뉴들의 설명은 다음과 같다.

장르 (Genre)

사운드로우에서 선택할 수 있는 장르들이다. 사용자는 힙합, 알앤비, 어쿠스틱 등 다양한 장르들 중에서 원하는 장르를 선택하여 곡을 생성할 수 있다.

무드 (Mood)

원하는 장르를 선택했다면, 여기에서는 해당 장르에 설정할 곡의 분위기를 선택할 수 있다. 행복하거나 희망적이거나 또는 분노 슬픔과 같은 다양한 분위기를 선택하여 곡에 설정할 수 있다.

테마 (Theme)

생성할 곡의 테마 또한 설정할 수 있다. 시네마틱, 자연, 스포츠 & 액션과 같은 다양한 테마를 선택하여 마찬가지로 곡에 설정하여 적용시킬 수 있다.

길이 (Length)

사운드로우를 통해 생성할 곡의 전체 시간(길이)를 설정할 수 있다. 사운드로우는 최대 5분 길이의 곡 생성이 가능하다.

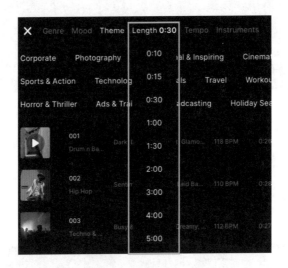

템포 (Tempo)

생성할 곡의 템포(박자)를 설정할 수 있다. 사운드로우는 템포를 숫자로 설정하는 대신, Slow, Normal, Fast로 느림, 보통, 빠름의 옵션으로 선택할 수 있다.

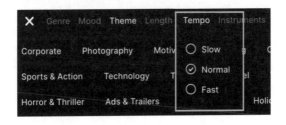

인스트루먼트 (Instruments)

사운드로우로 생성할 곡의 악기 구성을 선택할 수 있다. Instruments 버튼을 클릭하면 악기 구성들이 화면에 나타나는데, 사용자가 해당 화면에서 원하는 악기들을 눌러 선택하면 사운드로우가 사용자가 설정한 악기 구성대로 곡을 생성해 준다.

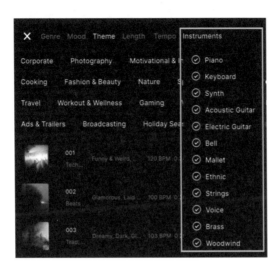

사운드로우로 작곡하기: 팝 장르 만들기

1 **장르 선택하기** 다양한 장르 중 이번에는 간편하게 팝 장르를 만들어 보기로 한다. 메인 화면에서 좌측 상단의 ❶장르(Genre)을 클릭한다. 그러면 여러 다양한 장르의 버튼들이 나타난다. 이 장르 중 ❷Pop을 누르면 자동으로 팝 장르의 곡들이 생성된다.

2 **무드 선택하기** 생성된 팝 장르의 곡의 분위기 선택을 위해 좌측 상단의 ❶무드(Mood)를 클릭한다. 다양한 분위기의 키워드들이 표시되면, 예시로, ❷Happy를 선택한다. 그러면 행복한 분위기의 팝 장르 곡들이 자동 생성되어 나열된다.

3 **테마 선택하기** 계속해서 생성된 곡의 전체적인 테마를 선택하기 위해 이번엔 ❶테마 (Theme)를 선택한다. 다양한 테마의 키워드들이 나열되면, 예시로 ❷Travel 키워드를 선택한 다. 그러면 여행 테마와 관련된 곡들이 나열된다.

4 **길이 선택하기** 이번엔 생성할 곡의 길이를 설정하기 위해 ❶Length을 통해 원하는 길이 (시간)을 선택한다. 여기에서는 예시로, 기본 ❷3분을 사용해 본다.

5 **템포 설정하기** 길이 설정이 끝나면, 템포 설정을 위해 **①**템포(Tempo)를 클릭한다. 템포를 통해 생성할 곡을 느리게 또는 빠르게를 설정할 수 있다. 여기에서는 예시로, **②**Normal 체크를 해제한 후, Fast를 체크해 본다.

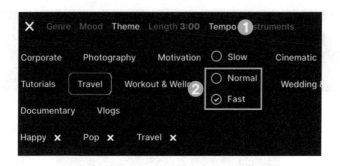

6 **악기 구성하기** 마지막으로, 생성할 곡 의 악기 구성을 선택해 본다. **①**Instruments 버튼을 클릭하면, 여러 악기 구성들이 자동 체크되어 있는 것을 확인할 수 있다. 여기에서는 설정한 값들을 기반으로 여러 곡들이 자동으로 생성되는데, 이 곡들은 현재 체크된 모든 악기들이 포함된 곡들이다. **②**특정한 악기 구성을 원할 경우, 체크되어 있는 모든 악기들의 선택을 해제한 후, 원하는 악기에 체크 표시를 해주면 된다. 해당 설정을 모두 마치면, 설정한 값으로 생성된 곡들이 생성되어 나열된다.

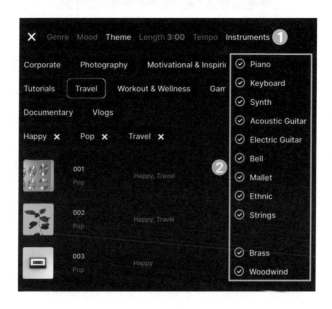

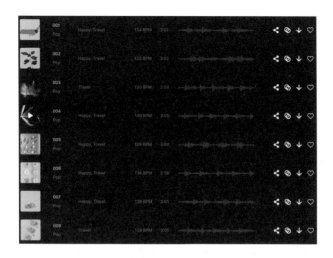

나만의 곡 Mixer로 편집하기: 멜로디, 백킹, 베이스, 드럼, 필즈 설정하기

사용자가 설정한 값으로 생성된 여러 곡들 중 원하는 곡을 선택하면 그림과 같은 편집 기능
이 나타난다. 여기에서 생성된 곡의 멜로디를 비롯하여 백킹, 베이스, 드럼, 필즈, BPM(박
자), 악기, Key(스케일) 그리고 위의 나열된 각 구성들의 볼륨을 조절할 수 있다.

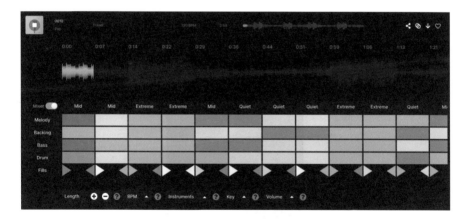

■ 구간 편집하기 ❶ 영역은 각 마디 구간을 나타내며, **❷** 영역은 생성된 곡의 멜로디, 백
킹, 베이스, 드럼, 필즈가 각 마디 마다 적용되는 긴 네모 모양의 칸들이 있는데, 생성된 곡을
플레이하고 각 마디 구간을 지날 때마다 해당되는 각 네모 칸들이 희미하게 반짝거리며, 현

재 어느 구간을 플레이 하고 있는지 표시해 준다.

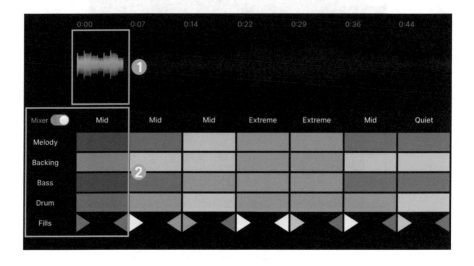

2 **소리 강도 설정하기** 첫 번째 마디의 멜로디(Melody) 네모 칸은 현재 회색으로 표시되어 있다. 이는 곡이 시작할 때 멜로디가 나오지 않음을 의미한다. 여기에서 <u>회색 멜로디 네모 칸을 클릭하면 옅은 하늘색으로 변경되며, 다시 한번 클릭하면 짙은 하늘색으로 변한다. 색이 짙어질수록 멜로디의 소리가 선명하고 크게 재생된다.</u> 이것은 멜로디 하위의 백킹, 베이스, 드럼 그리고 필즈에도 해당된다.

3 예시는 해당 기능을 활용하여 멜로디와 베이스 소리는 시작하지 않고(회색), 백킹과 드럼소리로만 작게 시작하게 만든 곡의 첫 마디이다. 이 방법을 통해 사용자가 각 파트별(멜로디, 백킹, 베이스, 드럼, 필즈)로 원하는 만큼의 소리 세기를 만들거나 없앨 수 있다.

4 **소리 높낮이 설정하기** 위에서 설명한 기능과 비슷한 기능으로, 네모 칸 위에 Quiet, Mid, Extreme 등이 있다. 이 기능들은 위의 나열된 각 네모 칸을 클릭했을 때, 소리를 없애거나 점점 크게 나오게 만드는 효과를 자동으로 배분해 준다.

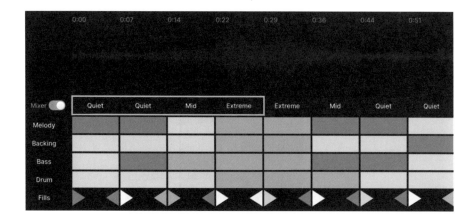

5 살펴보기 위해 첫 번째 마디의 **①**콰이어트(Quiet) 버튼(곡은 자동 생성되므로 Quiet가 아닌 Mid나 다른 모드로 되어 있을 수 있음)을 누르면, 아래의 트랙들이 랜덤으로 '조용하게' 시작하는 모드로 바뀌며, 해당 마디의 **②**오디오 파형 또한 줄어든다.

6 **①**Quiet 버튼을 다시 한번 클릭한다. 그러면 Mid로 바뀌게 되며, 보다 조금 더 다이내믹한 소리가 들리게 된다. 멜로디와 베이스가 무음 처리 되는 대신, 백킹과 드럼 소리가 조금 더 역동적으로 나오며, **②**오디오 파형 또한 Quiet 상태보다 조금 더 커진 것을 확인할 수 있다.

7 ❶인텐스(Intense)는 Mid 보다 조금 더 크고 다이내믹한 소리를 나타낸다. 이 모드에서는, 멜로디, 백킹 과 같은 트랙이 옅은 하늘색 또는 짙은 하늘색으로 표시되며, Mid 모드 보다 더 다양하고 생동감 있는 소리가 나오며, ❷오디오 파형 또한 더 커진 것을 확인할 수 있다.

8 마지막으로 ❶익스트림(Extreme)은 사운드로우가 낼 수 있는 최대한의 다이내믹과 리듬감을 나타낸다. 멜로디, 백킹, 베이스를 비롯한 부분들이 옅은 하늘색과 짙은 하늘색으로 나타나며, 보다 더 역동적이고 풍성한 사운드를 들려주며, ❷오디오 파형도 더욱 크게 표시된다.

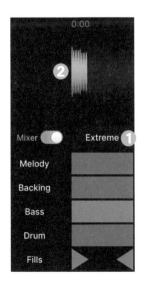

9 이렇게 각 트랙에 대해 자신이 원하는 다이내믹을 설정하면 ❶그림과 같이 곡이 형성된다. 참고로 ❷하단의 기능들은 곡의 길이와 템포, 악기 구성, 곡의 스케일과 볼륨을 설정할 수 있다.

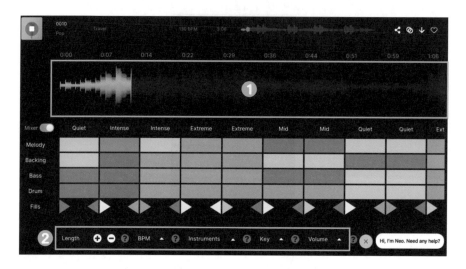

Length 곡 길이를 +/- 버튼을 통해 조절할 수 있다.

BPM 생성된 곡의 리듬을 원하는 대로 조절하여, 음악의 템포를 개인의 취향이나 필요에 맞춰 정밀하게 제어할 수 있다.

Instruments 곡의 특성과 분위기에 맞춰 원하는 악기를 정교하게 선택하여 음악의 질감과 색채를 자신의 의도대로 구성할 수 있다.

Key 곡의 옥타브(음정)를 원하는 대로 올리거나 내릴 수 있어, 음악의 분위기나 필요에 따라 더욱 섬세하게 맞춤 설정이 가능하다.

Volume 멜로디, 백킹, 베이스, 드럼, 필즈의 각 트랙별 볼륨을 세밀하게 조정할 수 있다.

10 길이 조절하기 현재 생성된 곡의 길이는 0:24초이다. 만약, 해당 곡의 길이를 늘리고 싶다면, 하단 Length의 + 버튼을 눌러 곡의 길이를 한마디씩 추가할 수 있다.

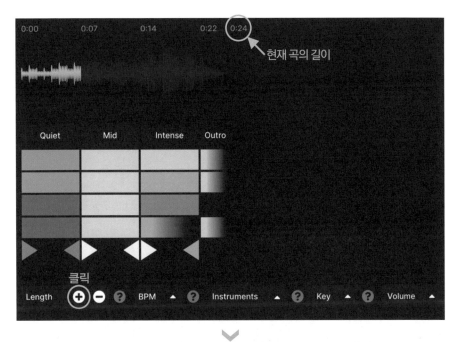

현재 곡의 길이

클릭

늘어난 곡의 길이

⑪ **박자 조절하기** <u>BPM(Beats per minute)</u> 버튼을 누르면, Slow, Normal, Fast에 해당하는 템포가 숫자로 바뀌어 있으며, 이 중 한 가지를 선택하여 박자를 설정할 수 있다.

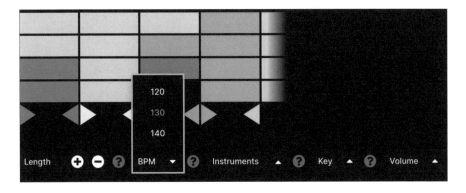

12 악기 선택하기 <u>Instruments는 악기 생성된 곡의 악기를 세부적으로 지정할 수 있다.</u> Instruments 버튼을 누르면 생성된 곡의 각 트랙 악기 구성을 확인할 수 있으며, 사용자가 원하는 악기 구성으로 바꿀 수 있다.

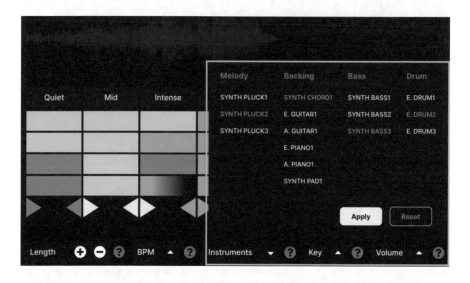

13 음정 설정하기 <u>Key는 생성된 곡의 전체적인 옥타브(음정)를 설정할 수 있다.</u> Key 버튼을 누르면 세 가지 옵션이 표시되어 나오는데, 숫자가 클수록 곡 전체의 옥타브가 높아진다. 예를 들어, <u>키가 k01인 경우, 곡이 생성될 때 이미 자동으로 맞춰서 나온 옥타브 이지만, k02를 누르고 설정하면 현재 설정되어 있는 음정보다 한 음정 높게 곡의 옥타브가 변경된다.</u>

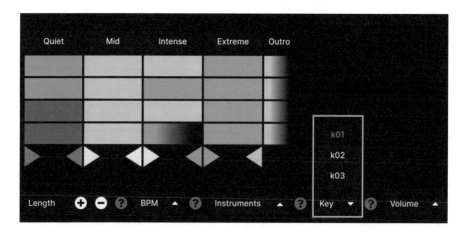

14 볼륨 조절하기 <u>Volume</u>은 멜로디, 백킹, 베이스, 드럼, 필즈의 각 트랙 별 볼륨을 세밀하게 조절할 수 있다. 사용자는 트랙별로 세밀하게 사용자가 원하는 만큼의 소리 세기 정도를 조절할 수 있다.

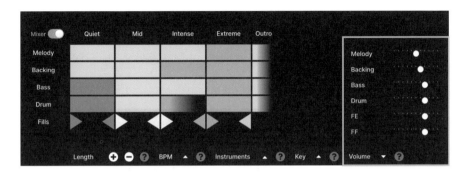

생성된 곡, 공유 및 다운로드하기

사운드로우에서 생성한 곡은 링크를 통해 공유하거나 다운로드할 수 있다. 우측 상단의 아이콘들에(왼쪽부터 차례대로) 대한 설명은 다음과 같다.

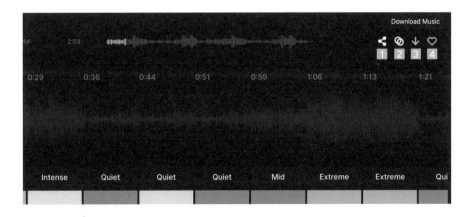

1 생성한 곡을 공유하기 위하여 링크 생성을 할 수 있다.

2 생성된 곡의 느낌과 비슷한 느낌의 곡들을 다시 생성할 수 있다.

3 생성된 곡을 다운로드할 수 있다.

4 생성된 곡을 즐겨찾기 할 수 있다.

사운드로우 요금제 살펴보기

사운드로우로 생성한 곡을 다운로드받기 위해 다운로드 버튼을 누르면, 사용자가 생성한 곡의 활용 목적에 따른 요금제 플랜 화면으로 넘어간다. 유료 요금제를 구독하더라도, 사운드로우에서 생성된 음악에 대한 모든 지식재산권은(저작권) 사운드로우에 귀속되며, 사용자는 사용권만을 부여 받는다. 그러므로 사운드로우를 통해 생성한 곡을 수익 창출 목적으로 동영상 등에 활용할 수는 있지만, 곡 자체를 판매하는 것은 금지이다. 사운드로우의 요금제에 대한 설명은 다음과 같다.

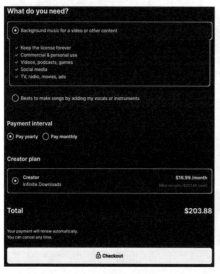
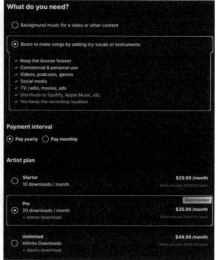

Background music for a video or other content 요금제

비디오나 다른 콘텐츠를 위한 배경음악으로 활용할 목적의 요금제로 영구적인 라이센스 유지와 상업적 및 개인적 사용이 가능하며 비디오, 팟캐스트, 게임, 소셜 미디어, TV, 라디오, 영화, 광고에서 사용 가능하다. 사용자는 해당 요금제의 Creator plan을 통해 무제한 다운로드 기능을 활용할 수 있다. 해당 요금제는 월 또는 연 단위로 결제할 수 있으며, 월 결제 시 19.99달러(한화 약 2만 7천원)로 이용할 수 있고, 연 단위로 결제할 경우 매달 16.99달러(한화 약 2만 3천원)로 이용 가능하다.

Beats to make songs by adding my vocals or instruments 요금제

사용자의 보컬이나 악기를 추가하여 노래를 만들 수 있는 비트를 활용할 목적의 요금제로, 영구적인 라이센스 보유와 상업 및 개인적 사용이 가능하다. 또한, 동영상, 팟캐스트, 게임, 소셜 미디어, TV, 라디오, 영화, 광고에서 사용 가능하며 스포티파이와 애플 뮤직과 같은 음악 유통 플랫폼에 배포가 가능하며, 녹음 권한은 사용자에게 유지된다. 참고로 해당 요금제는 세 가지 Artist plan이 있으며, 이 세 가지 요금제에 대한 설명은 다음과 같다.

Starter plan 월 10회 다운로드 가능. 월 결제 시 39.99달러(한화 약 5만 3천원), 연 결제 시 매달 29.99달러(한화 약 3만 9천원)

Pro plan 월 20회 다운로드 가능 및 스팀 다운로드 가능. 월 결제 시 59.99달러(한화 약 7만 9천원), 연 결제 시 매달 35.99달러(한화 약 4만 8천원)

Unlimited plan 무제한 다운로드 및 스팀 다운로드 가능. 월 결제 시 99.99달러(한화 약 13만 2천원), 연 결제 시 매달 49.99달러(한화 약 6만6천원)

☑ 해당 요금제에 대한 내용은 웹사이트(업체) 규정에 따라 달라질 수 있다.

뮤지아 원을 활용
한 작곡 및 편곡

인공지능 작곡과 함께라면 음악 작곡을 포함하여 편곡도 쉽게 할 수 있다. 이번 장에서는 인공지능 작곡 프로그램인 뮤지아 원의 기능과 작동 방법을 살펴보며, 음악을 작곡 하고 편곡하는 방법에 대해서도 알아본다.

04-1 뮤지아 원 설치 및 사용법 익히기

뮤지아(MUSIA)는 국내 최초 인공지능(AI) 작곡가 이봄(EvoM)을 개발한 크리에이티브마인드의 AI 작곡 프로그램으로, 음악 이론을 학습하고 진화 알고리즘의 탐색 기법을 활용하여 작곡하는 방식을 채택하고 있어, 처음 시작하는 누구나 쉽고 빠르게 곡을 만들어 낼 수 있도록 한다.

1 **회원가입하기** 구글 검색기에서 **1** 뮤지아 원을 검색하여 해당 웹사이트가 검색되면, **2** 뮤지아 원 시작하기 링크 버튼을 클릭한다.

2 뮤지아 원의 메인화면 우측 상단에서 로그인 버튼을 클릭한다.

☑ 해당 화면과 메뉴는 웹사이트(업체) 리뉴얼에 변경될 수 있다.

3 뮤지아 원 또한 구글 계정 또는 페이스북 계정을 연동하여 해당 계정으로 간편하게 로그인할 수 있다.

4 로그인이 되었다면, 좌측 하단의 뮤지아 원 시작하기 버튼을 누른다. 그러면 세 가지로 구성된 시작 화면이 표시된다.

5 뮤지아 원 시작 첫 화면에서는 튜토리얼, 베이직, 퀵 세 가지로 나뉘어 보여준다. 세 개

의 주요 화면에 대한 설명은 다음과 같다.

튜토리얼

뮤지아 원 사용자를 위한 튜토리얼 화면으로, 뮤지아 원 사용법 가이드를 보여준다. 우측에 있는 튜토리얼의 순서대로 클릭하면, 해당 사용법에 대한 가이드가 나타나며, 가이드를 보고 학습할 수 있다.

베이직

DAW와 비슷하지만, 기존 DAW보다 쉽게 작곡할 수 있도록 설계된 뮤지아 원의 메인화면인 스튜디오이다. 해당 화면에서 사용자는 자신의 취향에 맞게 곡을 작곡할 수 있다.

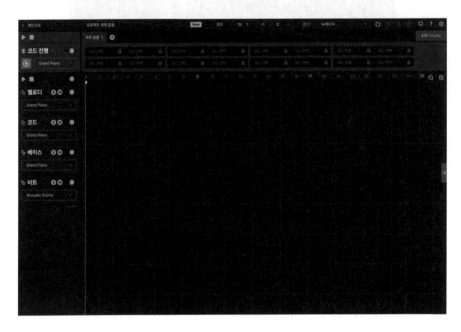

퀵

퀵 모드는 AI가 자동으로 곡을 생성해 주는 편리한 기능이다. 기본적으로 3개의 곡이 자동 생성되며, 자동 생성된 3개의 곡 중 하나를 선택하면 완성된 곡을 볼 수 있는 메인 스튜디오 화면이 나타난다. 자동 생성된 곡의 스튜디오 화면은 현재 하루 한번 이용 가능하며, 유료 결제시 하루 3번이 가능하다. 하단에는 ❶AI음악 재생성하기가 있는데, 이 버튼을 누르면 다른 장르의 곡들이 재생성 되어 표시된다. 자신이 원하는 장르의 곡을 선택한 후, ❷작곡 옵션 모드로 이동하기를 클릭하면 사용자가 직접 장르 선택과 BPM 설정, 곡의 분위기, 음원 길이 등을 설정하여 스튜디오로 입장할 수 있다.

뮤지아 원 주요 메뉴(기능) 살펴보기

베이직 모드를 클릭하여 메인 스튜디오 화면을 열어준다. 메인 스튜디오 화면의 주요 기능들에 대한 설명은 다음과 같다.

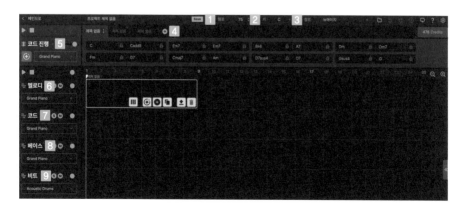

1 템포 생성하고자 하는 곡에 대한 템포를 직접 입력하여 지정할 수 있다.

2 키 생성하고자 하는 곡을 어떤 스케일로 사용하여 생성할 것인지 지정할 수 있다.

3 장르 생성하고자 하는 곡의 장르를 선택할 수 있다.

4 파트 선택 각 파트별로 이름을 지정할 수 있으며, 해당 파트를 먼저 생성한 후 곡의 코드 진행 생성이 가능하다.

5 코드진행 템포, 키, 장르를 설정했다면 해당 설정에 맞는 코드 진행을 생성할 수 있다. 좌측 하단의 보라색으로 표시된 버튼을 누르면, 코드 진행에 대한 코드들이 사용자가 지정한 키(스케일) 안에서 자동으로 생성된다.

6 멜로디 생성할 곡의 주 멜로디를 생성할 수 있다. 사용자는 해당 기능을 사용하여 원하는 파트를 지정 후, 지정한 파트에 대한 멜로디를 생성할 수 있다.

7 코드 생성할 곡의 메인 코드를 생성할 수 있다. 사용자는 해당 기능을 사용하여 코드를 넣고자 하는 파트를 지정 후, 지정한 파트에 대한 코드를 생성할 수 있다.

8 베이스 생성할 곡의 베이스를 지정할 수 있다. 위의 기능들과 마찬가지로 지정한 파트에 베이스를 추가하여 생성할 수 있다.

9 비트 생성할 곡의 비트(드럼)을 지정할 수 있다. 위의 기능들과 마찬가지로 지정한 파트에 비트를 추가하여 생성할 수 있다.

04-2 트로피컬하우스 장르 곡 만들기

뮤지아 원의 기능들을 사용하면 다양한 장르의 곡을 만들 수 있다. 이번에는 자신만의 트로피컬 하우스(Tropical house) 장르의 곡을 만들어보기로 한다.

1 곡 제목 설정하기 뮤지아 원 스튜디오 화면에서 좌측 상단의 제목 입력 창에서 생성하고자 하는 곡의 제목을 입력한다. 여기에서는 예시로, ❶트로피컬이라는 이름을 사용해 본다. 제목 입력 후, 우측의 ❷Save 버튼을 누르면 저장 화면이 표시된다.

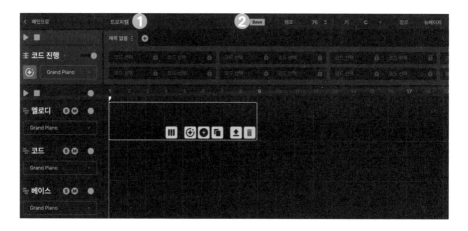

💡 **트로피컬 하우스(Tropical house) 장르란?**

트로피컬 하우스는 하우스 음악의 한 서브 장르로, 그 특징은 보통 밝고 경쾌한 멜로디, 청량감을 주는 신스 사운드, 따뜻하고 여유로운 분위기이다. 이 장르의 음악은 특히, 여름과 잘 어울리는 느낌을 주며, 리듬은 비교적 느슨하고 편안하게 구성되어 있다.

트로피컬 하우스는 다양한 종류의 타악기와 플루트, 마림바 같은 멜로디 악기를 사용하는 것이 특징이다. 이 장르는 2010년대 초반부터 인기를 얻기 시작했으며, 아티스트들이 전통적인 하우스 음악에 열대 지방의 흥겨운 느낌을 더해 새로운 사운드를 창조했다.

케이고(Kygo), 토마스 잭(Thomas jack) 등의 아티스트가 이 장르를 대표하며, 트로피컬 하우스 음악은 휴식, 휴가, 또는 해변에서의 여유로운 시간을 연상시키는 음악으로 많은 사랑을 받고 있다. 이러한 음악은 듣는 이로 하여금 마치 열대 해변에서 시간을 보내는 듯한 느낌을 준다.

2 저장한 프로젝트 창에서 ❶새 프로젝트로 저장하기 버튼을 누르면, 프로젝트 파일이 저장 된 것을 확인할 수 있다. 확인 후 ❷저장하기 버튼을 누르고 나온다.

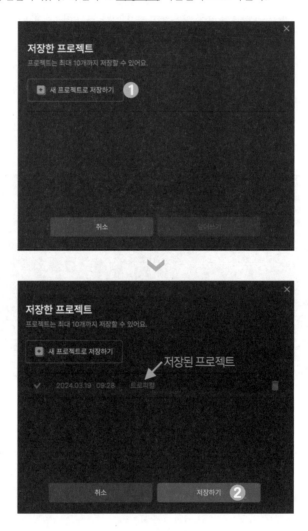

3 **박자, 음계, 장르 선택하기** 이번엔 메인 스튜디오 화면에서 박자와 음계, 장르를 선택해 본다. 상단의 기능들로 자신이 원하는 템포와 키 그리고 장르를 선택할 수 있다. 예시로, 템포는 115, 키는 C 장르는 트로피컬 하우스를 선택해 본다.

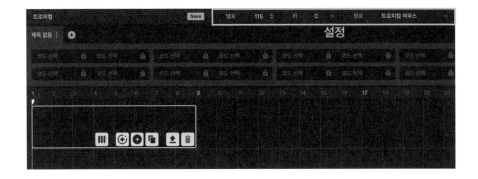

4 **파트와 코드 진행 설정하기** 템포와 키, 장르를 설정했다면, 이번엔 파트를 설정해 본다. 파트를 설정하기 위해 제목 없음 우측의 ± 버튼을 누른다. 그러면 파트가 하나씩 추가된다.

5 예시로 생성된 4개의 파트를 각각 자신이 원하는 이름으로 수정할 수 있다. 이름 수정은 수정하고자 하는 이름 위로 마우스 커서를 갖다 놓고, 텍스트 커서 모양으로 변했을 때 클릭하면 이름을 수정할 수 있다.

6 파트를 설정했다면 코드 진행을 설정해 본다. 코드 진행은 직접 ❶코드 선택을 클릭하여 검색하거나 ❷표시되어 있는 코드들로 지정할 수 있으며, ❸자동 코드 생성 버튼을 통해서도 가능하다.

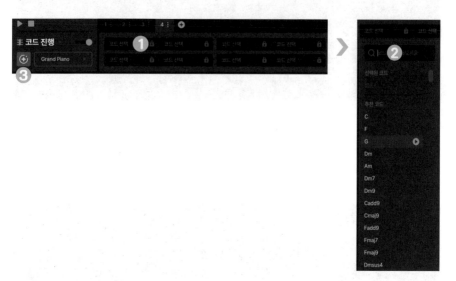

💡 코드 진행이란?

코드 진행이란 음악에서 여러 화음(코드)이 특정한 순서로 배열되어 나타나는 것을 말하는데, 이 화음들이 연속적으로 연주되면서 곡의 분위기나 감정을 만들어낸다. 예를 들어, 피아노나 기타로 여러 개의 코드를 차례대로 연주해 보면, 각각의 코드가 서로 다른 느낌을 주는 것을 알 수 있다. 이런 연속적인 코드의 배열을 '코드 진행'이라고 한다.

간단한 예로, 많은 팝송에서 들을 수 있는 C – G – Am – F 코드 진행을 생각해 볼 수 있다. 이 코드 진행은 매우 흔하며, 각 코드는 다음과 같은 기능을 가진다.

C (도장조): 기본이 되는 화음으로, 안정감을 준다.

G (솔장조): 조금 더 긴장감을 주면서 이야기를 전개시킨다.

Am (라단조): 슬픈 또는 심오한 느낌을 추가한다.

F (파장조): 다시 편안함으로 돌아가기 전의 전환점 역할을 한다.

이렇게 연속적으로 연주되는 코드 진행은 음악의 감정을 이끌어가는 중요한 역할을 하며, 듣는 이에게 다양한 느낌을 전달해 준다. 각각의 코드는 특정 감정이나 상황을 상징할 수 있기 때문에, 작곡가들은 이를 활용해 리스너가 음악을 통해 여정을 떠날 수 있도록 돕는다.

7 **트랙 기능 살펴보기** 스튜디오 메인화면에서는 각 트랙에 대한 악기와 파트를 설정하여 곡을 만들 수 있다. 멜로디 트랙을 보면 Marimba로 이미 자동 생성된 것을 확인할 수 있다. 해당 악기를 변경하고 싶다면, ❶삼각형 모양의 버튼을 누르면 나타나는 악기 목록들 중 우측에 화살표 모양의 버튼이 있는데, 이 버튼을 누르면 악기 소리가 다운로드되어, 샘플 소리가 나오는 것을 들을 수 있다. 멜로디 소리를 위한 예시로, ❷Acoustic Guitar를 다운로드한 후, 선택하면 멜로디를 위한 트랙의 악기가 어쿠스틱 기타로 변경된 것을 확인할 수 있다.

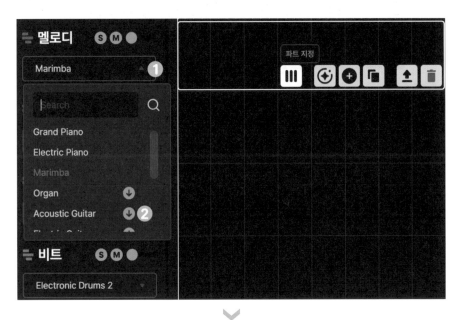

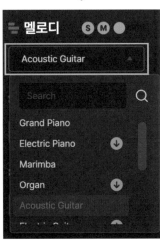

8 악기 설정을 마쳤다면, 악기 트랙 우측의 해당 악기 트랙의 파트를 나타내는 하얀 박스에는 여러 아이콘들이 표시되어 있는 것을 확인할 수 있다. 이 아이콘들에 대한 설명을 다음과 같다.

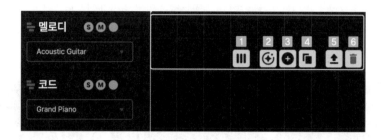

1 파트 지정 이미 설정해 준 파트들 중 사용자가 원하는 파트를 해당 트랙에 지정할 수 있다.

2 자동 생성 파트를 지정한 후, 멜로디를 지정한 파트에 자동 생성하거나 파트를 여러 트랙에 지정했다면 모든 리전에 자동 생성할 수 있다.

3 리전 생성 리전은 각 트랙에 해당하는 음악을 자동으로 생성하고 수정할 수 있다. 리전을 생성하기 위해서는 파트의 코드 진행이 필요하다.

4 리전 복사 생성한 리전을 복사할 수 있다.

5 리전 내보내기 생성한 리전을 저장할 수 있도록 내보내기 할 수 있다.

6 리전 삭제 생성한 리전을 삭제할 수 있다.

9 멜로디 생성을 위해 각 아이콘을 활용하여 설정해 본다. **❶**파트 지정 버튼을 누르면 아래쪽에 사용자가 설정해 놓은 파트들이 나열된다. 해당 파트들에서 원하는 파트를 지정하여 설정할 수 있다. 예시로, **❷**1번 파트로 설정해 본다.

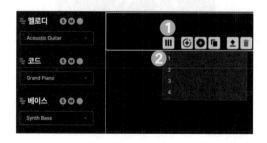

10 파트를 1번으로 설정했다면 이번엔, 우측 ❶자동 생성 버튼을 누른다. 그러면 자동 생성, 모든 리전에 자동 생성 – 파트, 모든 리전에 자동 생성 – 트랙 메뉴가 나타난다. 여기에서는 ❷자동 생성을 선택한다. 그러면 크레딧 차감에 대한 창이 표시된다. 크레딧은 넉넉하게 곡을 만들 수 있을 만큼 제공하기 때문에 걱정할 필요는 없다. 참고로 크레딧에 대한 정보는 메인 스튜디오 화면 우측 상단에서 확인할 수 있다.

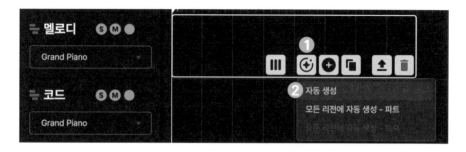

11 생성 선택 후 확인 버튼을 누르면 기본적으로 제공되는 크레딧이 일정량 차감되며, 사용자가 선택한 악기인 어쿠스틱 기타의 멜로디 설정이 완료된다.

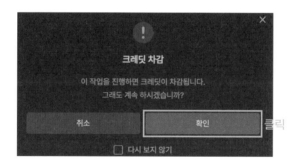

12 완성된 어쿠스틱 기타 멜로디가 생성되면, ❶볼륨 조절기를 오른쪽으로 이동한 후, ❷재생 버튼을 누르면 생성된 기타 멜로디 소리를 들을 수 있다.

13 리전 생성을 위해 ①리전 생성 버튼을 누른다. 그러면 모든 리전 추가, 모든 리전 추가 - 파트, 모든 리전 추가 - 트랙 메뉴가 나타난다. 여기에서 ②모든 리전 추가 - 파트를 선택한다. 이것으로 좌측에 나열되어 있는 모든 트랙의 악기들이 자신이 지정한 파트 1에 대한 리전으로 함께 추가된다.

14 위 설명처럼 리전 생성 버튼을 통해 메뉴를 열어준 후 모든 리전 추가 - 트랙을 선택한다. 그러면 그림처럼 멜로디 트랙에만 리전이 자동 생성된다.

15 여기에서 생성된 리전에서 리전 복사 버튼을 클릭한다. 그러면 기존에 생성된 리전 옆에 똑같은 멜로디의 리전을 복사하여 생성할 수 있도록 투명한 창이 나타나는데, 이때 투명한 상태의 리전을 클릭하면 리전 복사가 완료된다.

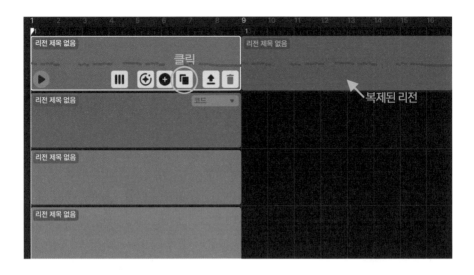

16 트랙들의 대한 자동 생성과 리전 생성은 앞서 살펴본 방법으로 설정 및 지정해 주면, 그림처럼 지정한 파트 1트랙에 해당하는 전체적인 파트 구성이 완성된다.

17 계속해서 다른 파트들에 대한 구성을 위해 **①**2번 파트를 눌러 설정해 본다. 그다음 **②**코드 자동 생성 버튼을 누르고, **③**파트 지정 버튼을 눌러 지정한 2번 파트로 설정한다. 앞서 생성된 트랙과 동일한 방법으로 설정해 주면 된다.

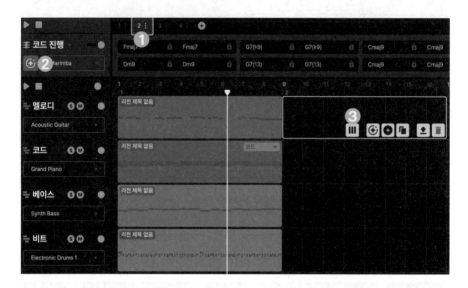

18 자동 생성된 곡들의 트랙을 수정할 수 있다. 멜로디 트랙 빈 곳 아무 곳이나 더블클릭해 본다. 그러면 해당 트랙에 대해 노트가 찍혀있는 화면이 나타난다.

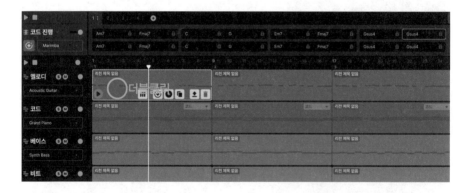

19 노드 이동하기 멜로디 노드 화면에서 멜로디 트랙에 찍혀 있는 각 멜로디 노트를 선택한 후 화살표(방향) 키를 눌러 원하는 소리(노트)로 이동 및 변경할 수 있다.

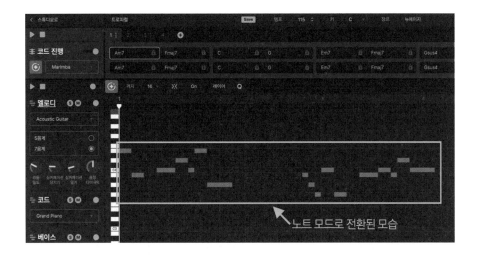

노트 모드로 전환된 모습

20 **노트 추가하기** 추가하고 싶은 노트가 있다면, 추가하고자는 곳의 빈 칸을 더블클릭한다. 그러면 해당 지점에 노트가 추가된다.

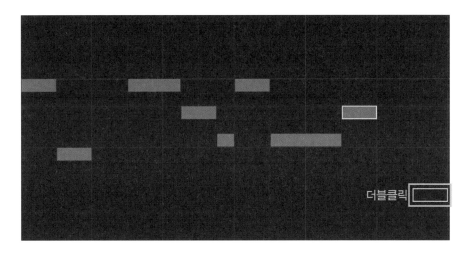

더블클릭

21 멜로디를 위해 노트 위치를 수정하거나 추가했다면, 멜로디 트랙을 위한 세부 편집 기능들을 통해 세부 편집을 한다. 세부 편집 기능들에 대한 설명은 다음과 같다.

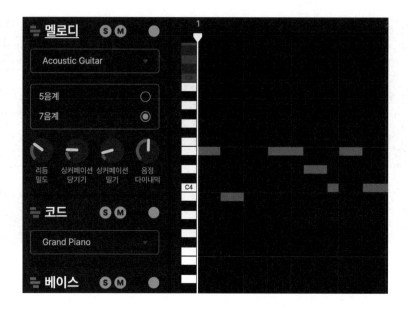

5음계 다섯 개의 음표로 이루어진 음계로 설정할 수 있다. 5음계는 펜타토닉 스케일로, 176페이지에 자세하게 나와있다. 간결하고 중복이 적어 다양한 음악적 상황에서 유용하게 사용된다.

7음계 일곱개의 음표로 이루어진 음계로 설정할 수 있다. C메이저 스케일 기준으로 도, 레, 미, 파, 솔, 라, 시로 구성되며, 다양한 조성 및 화성에 대한 이해와 음악적 표현을 위해 널리 사용된다.

리듬 밀도 생성된 노트들의 밀도를 설정할 수 있다. 이는 일정 시간 동안 발생하는 음표나 비트의 수를 의미한다.

싱커페이션 당기기/싱커페이션 밀기 싱커페이션은 음표 또는 음악 구간 사이의 간격을 나타낸다. 음악적 구절 간의 유기적인 연결을 도와주거나 선율이나 화음 사이를 부드럽게 연결할 수 있으며, 사용자는 싱커페이션 당기기나 밀기를 사용하여 노트 구간 사이의 간격을 설정할 수 있다.

음정 다이내믹 사용자는 음정 다이내믹 기능을 사용하여 생성된 곡의 표현력을 향상시키고, 감정을 전달하는 설정을 할 수 있다.

22 설정을 마쳤다면, 스튜디오로 버튼을 눌러 메인 스튜디오 화면으로 돌아간 후, 완성된 곡을 확인해 본다.

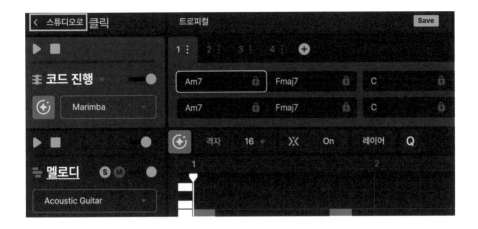

23 **곡 저장하기** 뮤지아 원으로 생성한 곡을 저장하기 위해서는 우측 상단의 ❶폴더 모양 버튼을 누른 후 나타나는 메뉴에서 ❷저장하기 버튼을 누르면 된다.

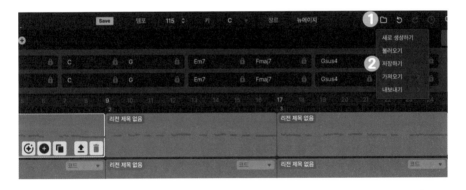

24 **곡 가져오기** 폴더 모양의 저장 관련 메뉴에서 가져오기는 외부에 저장된 프로젝트를 뮤지아 원으로 가져오거나, DAW를 사용한 파일들을 가져와 사용할 수 있다.

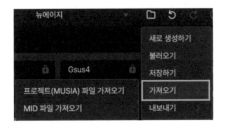

25 **곡 내보내기** 내보내기는 현재 사용하는 뮤지아 프로젝트를 별도로 저장하거나, MIDI, MP3 파일로 변환할 수 있으며, 멜로디 악보를 내보낼 수 있다.

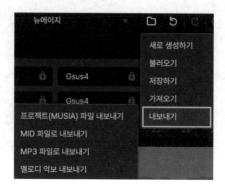

뮤지아 플러그인 살펴보기

뮤지아 웹사이트에서는 뮤지아 원을 비롯하여 작곡을 더욱 편리하게 할 수 있도록 해주는 플러그인을 제공한다. 해당 플러그인은 독자적인 사용도 가능하며, DAW에서 플러그인 형식으로도 사용 가능하다.

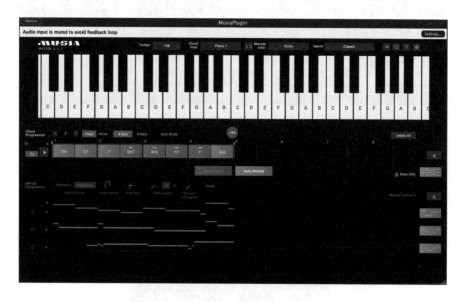

뮤지아 플러그인은 음악 이론에 대한 지식이 없어도 자동코드(Auto chord) 추천 기능을 통해 곡을 만들 수 있다. 사용자는 곡의 스케일을 설정하고 장조와 단조로 나눌 수 있으며, 설정을 기반으로 자동 코드 생성을 사용하여 곡의 코드를 설정할 수 있다. 더불어, 생성된 코드에 어울리는 멜로디(Auto melody)도 자동으로 생성할 수 있다. 이렇게 생성된 멜로디는 위의 뮤지아 플러그인 메인화면에서 손쉽게 편집할 수 있으며, 만들어진 코드와 멜로디는 MIDI 파일로 다운로드 또는 드래그하여 DAW에서 사용할 수 있다.

뮤지아 원 요금제 살펴보기

뮤지아 원에서 제공하는 요금제 구독을 활용하면 더욱 폭넓고 자유롭게 작업을 할 수 있다. 뮤지아 원 요금제는 세 가지 옵션으로, 월간과 연간으로 나뉜다. 자세한 요금제에 대한 설명은 다음과 같다.

| 뮤지아원 월간 요금제 |

| 뮤지아원 연간 요금제(30% 할인) |

뮤지아 플러그인 월 11.500원, 연간 8,050원으로 구성되어 있으며, 뮤지아 플러그인 사용이 가능하다.

뮤지아 원 월 11.500원, 연간 8,050원으로 구성되어 있으며, 뮤지아 원 사용이 가능하다.

뮤지아 패키지 월 16,000원, 연간 12,600원으로 구성되어 있으며, 뮤지아 원과 뮤지아 플러그인을 함께 사용할 수 있다.

☑ 해당 요금제에 대한 내용은 웹사이트(업체) 규정에 따라 변경될 수 있다.

05

신디사이저 V를
활용한 음성 합성

음악에서 음성은 가장 강력한 표현 도구 중
하나이다. 노래를 부르는 가수의 목소리, 멜
로디와 하모니를 이끌고 감정을 전달하는
능력은 음악의 심장이다. 그러나 기술의 발
전은 음성 합성 기술을 통해 새로운 방식으
로 음악을 제작할 수 있게 되었다. 이번 장
에서는 신디사이저 V를 통해 곡에 대한 멜
로디를 생성하여 곡의 표현력을 높여주는
방법에 대해 알아본다.

05-1 신디사이저 V 설치 및 사용법 익히기

신디사이저 V는 인공지능(AI) 음성 합성 엔진 프로그램으로, 아이바, 뮤지아 원과 같은 작곡 프로그램을 사용하여 만든 곡에 보컬을 추가할 수 있다. 생성한 곡에 신디사이저 V 추가한 후에 직접 멜로디를 입력한 후 멜로디에 가사를 추가하면, 음성 합성 엔진 기술이 사용자가 지정한 멜로디를 따라 노래를 부른다. 신디사이저 V는 현재 영어, 일어, 중국어 지원이 가능하며, 한국어는 지원되지 않는다.

1 회원가입 및 제품 구매하기 구글 검색기에서 ❶신디사이저V를 검색하여 해당 웹사이트가 검색되면, ❷Synthesizer V 링크 버튼을 클릭한다.

2 메인화면 상단에서 STORE 버튼을 눌러, 제품을 구매할 수 있는 화면을 열어준다.

☑ 해당 화면과 메뉴는 웹사이트(업체) 리뉴얼에 변경될 수 있다.

3 제품 구매를 하기 위해서는 회원가입이 필요하다. 화면 상단의 <u>My account</u>를 선택하여 회원가입을 할 수 있는 창을 열어준다.

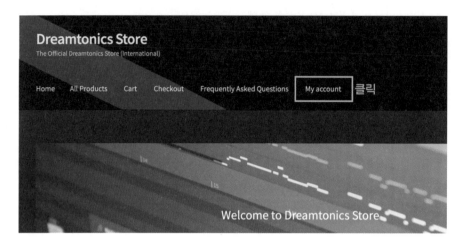

4 <u>My account</u> 창에서 **①**<u>자신의 이메일 입력</u> 후, **②**<u>Register</u> 버튼을 누르면 입력된 이메일로 비밀번호를 설정할 수 있는 이메일이 도착한다. 해당 **③**<u>이메일에 있는 비밀번호를 입력하고, 나머지 정보 입력 필드에 사용자 이름과 사용할 비밀번호를 입력</u>하면 회원가입이 완료된다. 그다음 **④**<u>Log in</u>을 한 후, **⑤**<u>Home</u> 버튼을 누르면, 신디사이저 V를 구매할 수 있는 화면이 나타난다.

5 신디사이저 V 스튜디오 프로와 애니 보이스 데이터베이스(왼쪽 제품)를 함께 구매하거나 신디사이저 V 스튜디오 프로그램(오른쪽 제품)만 구입할 수 있는 화면이 뜨면, 자신에게 맞는 제품의 <u>Add to cart</u> 버튼을 눌러 구매를 한다. <u>구매를 완료하면 구매 확인 및 다운로드 링크 주소가 이메일로 발송되는데, 제품 설치 링크를 통해 프로그램을 설치</u>하면 된다. 참고로 오디오 음성 팩 또한 이와 같은 방법으로 구매할 수 있다.

목소리에 입힐 곡 설정하기

신디사이저 V 스튜디오의 기본 메뉴를 사용하여 사용자가 인공지능 작곡 프로그램으로 만든 곡에 보이스를 추가하는 방법을 진행해 본다.

6 **AIVA에서 곡 불러오기** 아이바에서 만든 ❶곡(MP3 파일)을 끌어서 신디사이저 V 스튜디오의 아래쪽 빈 트랙으로 갖다 놓는다. 그러면 다음의 그림처럼 사용할 파일을 WAV 파일

이 아닌 MP3 파일로 진행을 할 것인지 묻는 메시지가 나타나는데, 여기에서는 <u>keep using MP3 format</u> 버튼을 클릭하여 MP3 파일로 진행한다.

📑 해당 파일은 [학습자료] – [아이바로 만든 곡을 신디사이저 V로 음성 합성] 파일 활용

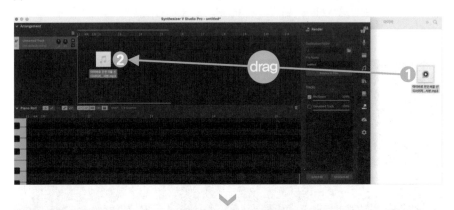

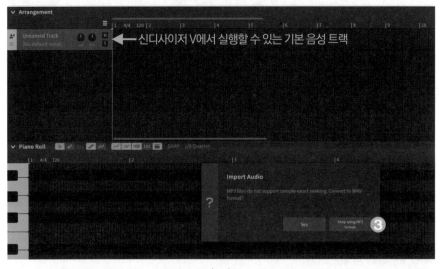

7 아래쪽 트랙에 오디오 파일이 적용됐다면, 이제 목소리 작업을 위한 위쪽 트랙의 입력을 설정해 주어야 한다. 우측의 도구 바에서 <u>마이크 모양의 버튼</u>을 누른다. 그러면 보이스를 설정할 수 있는 창이 표시된다.

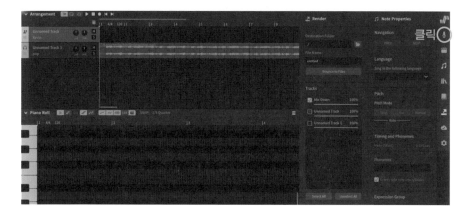

8 신디사이저 V 사이트에서 음성 데이터 구매 후 다운로드를 했다면, 좌측 상단의 <u>Current database(track)</u>에서 다운로드한 음성 데이터 팩의 목록이 나타난다. 여기에서 사용할 음성 데이터 팩을 <u>선택</u>한다. 그러면 위쪽 트랙에 사용자가 구매한 음성 데이터 팩의 이름이 적용되어 나타난다. 참고로 마이크 버튼을 클릭하면 창을 닫을 수 있다.

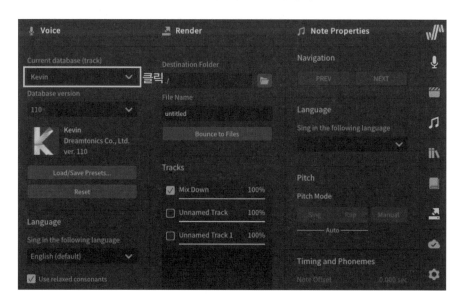

9 **건반을 활용한 음성 추가하기** 적용된 곡에 음성 합성 기능을 사용하여 노래에 목소리를 입혀 본다. 현재 화면 좌측으로 건반 모양이 있고, 우측에는 작은 노트들이 있다. 여기에서 곡의 스케일을 기반으로 멜로디 음 노트를 지정하고, 더블클릭하여 곡에 대한 멜로디를 생성할 수 있다. 좌측 건반에 마우스 커서를 갖다 놓으면 연두색으로 표시되며, 건반을 클릭하면 해당 음에 대한 소리가 들리는데, 사용자는 생성한 곡이 어떤 스케일을 기반으로 만들어졌는지 확인하고, 스케일에 맞는 멜로디(건반 음) 노트를 선택 및 더블클릭하여 곡에 대한 멜로디 노트를 생성할 수 있다.

⑩ 여기에서는 건반의 ❶'미'에 해당하는 부분을 눌러 음정을 확인하고, ❷해당 음에 맞는 노트 지점을 더블클릭한다. 그러면 그림처럼 멜로디 노트가 적용된 것을 확인할 수 있다.

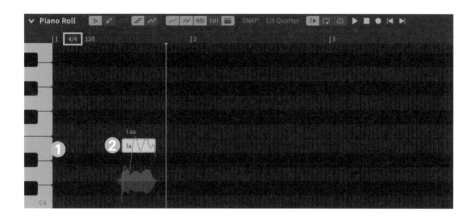

생성된 기본 노트의 길이는 8칸(한 마디)이며, 1칸은 반박자(8분음표) 즉, 2칸이 한 박자로 사용된다. 현재는 4/4로 되어있기 때문에 8칸은 4박자의 길이로 사용된다. 참고로 느트의 길이는 끝 부분을 좌우로 이동하여 조절할 수 있다.

⑪ **노트의 길이 조절하기** 이번 예시에 사용되는 곡은 C 메이저 스케일로 구성되어 있으며, 지정한 멜로디 노트도 이에 따라 C 메이저 스케일로 지정하였다. 사용자는 멜로디에 대한 설정을 곡의 스케일에 맞춰 자유롭게 구상하여 지정할 수 있다. 또한, 지정된 멜로디 노트의 길이를 조절할 수 있는데 예를 들어, 지정된 노트의 끝부분을 우측으로 끌어 당기면 노트의 길이가 길어져 곡을 재생할 때의 음이 더 길게 만들어진다. 반대로 노트의 끝부분을 좌측으로 당기면 노트의 길이가 짧아져서 곡을 재생할 때의 음이 더 짧아진다.

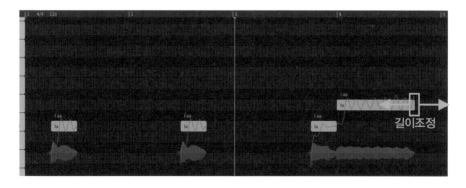

C 메이저 스케일 이해하기

예시로, 아래 그림에서의 곡은 C 메이저 스케일로 구성되어 있으며, 지정한 멜로디 노트도 이에 따라 C메이저 스케일로 지정하였다. C 메이저 스케일이란 C = '도'를 기준으로 도, 레, 미, 파, 솔, 라, 시, 도를 사용한 스케일을 뜻한다. 해당 스케일은 흔히 알고 있는 피아노 건반의 검은 건반이 붙지 않고 하얀 건반으로만 이루어져 있다. 사용자는 C 메이저 스케일에 따른 멜로디에 대한 설정을 곡의 스케일에 맞춰 자유롭게 구상하여 지정할 수 있다.

아래 예시 그림에서 보여지는 각각의 노트들은 왼쪽부터 순서대로 도, 미, 레, 레, 미, 파, 솔 순서로 생성되어 있다. 지정된 노트들의 음계는 모두 C 메이저 스케일에 해당하는 노트들이며, 해당 노트 지정 순서는 생성한 곡을 들으며, 좌측 건반(도부터 도까지)에 해당하는 노트들을 클릭하여 들어보며, 어울리는 노트들을 생성한 것이다.

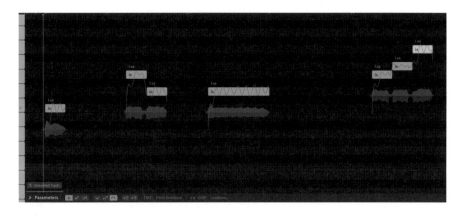

가사(한글) 작성하기

작업자는 멜로디를 지정한 후, 해당 멜로디에 가사를 추가할 수 있다. 각각의 지정된 멜로디 노트에는 기본적으로 'la'라는 허밍으로 할당되어 있어, 스페이스바를 눌러 재생하면 '라~'라는 허밍이 들린다. 여기에 가사를 추가하고자 하는 노트에 마우스 커서를 두고, 더블클릭하면 가사를 직접 입력할 수 있게 노트가 변경된다.

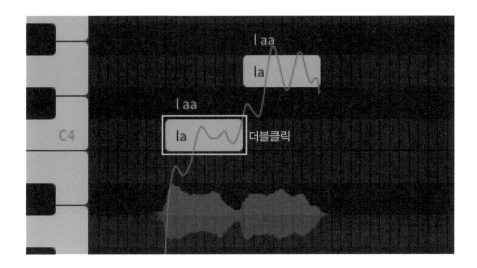

1 가사를 작성할 수 있는 상태로 전환되면, 원하는 가사를 입력할 수 있다. 신디사이저 V는 영어, 중국어, 일어까지만 지원하고 한국어를 지원하지 않지만, <u>한국어를 소리 나는 대로 영문 발음으로 입력하면 비교적 자연스럽게 한국어</u>로 들리게 된다.

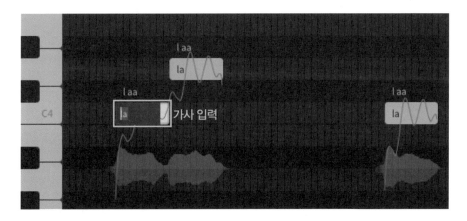

2 예를 들어, '<u>넓은 바다 위로</u>'라는 가사를 입력하고 싶다면, 다음과 같이 노트에 한국어를 영문 발음(<u>nereum bada wero</u>) 그대로 가사를 작성하여 가사를 만들어주면 되는 것이다.

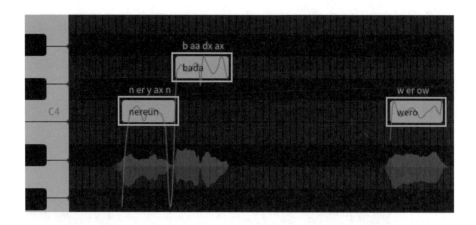

음성이 입혀진 곡 저장하기

1 멜로디 생성과 가사까지 입력되었다면, 이제 곡을 저장하는 방법에 대해 알아보자. 우측 상단의 <u>File name</u>에 사용하고 싶은 제목을 입력한다.

2 제목 입력 후, 위쪽 ①폴더 모양의 버튼을 눌러 ②저장 경로(위치)를 설정한다. 그다음 아래쪽 ③Bounce to Files를 누르면, 설정한 저장 경로에 음성이 입혀진 곡의 저장된다. 이와 같은 방법으로 AI 작곡 프로그램을 통해 만든 곡을 신디사이저 V에서 가사를 작성하여 완성할 수 있다.

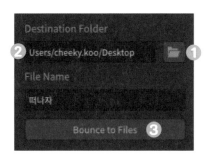

06

사운드 믹싱과
마스터링

사운드 믹싱과 마스터링은 음악 제작 과정
에서 최종 트랙의 품질과 완성도를 결정하
는 핵심 단계이다. 이 과정은 음악의 최종
품질을 결정하며, 음악이 청중에게 전달되
는 마지막 단계이다. 여기에서는 믹싱과 마
스터링이 어떻게 음악을 완성하는지, 그리
고 이번 장의 내용이 왜 중요한지 알아보도
록 한다.

06-1 사운드 믹싱 이해하기

작곡이 완성되면 믹싱 과정을 통해 사용된 악기들의 트랙 소리를 조화롭게 섞는 과정에 들어간다. 이는 각 트랙을 조정하여 곡 전체가 조화롭게 어우러지도록 만드는 중요한 작업이다. 믹싱은 곡을 완성시키는 과정 중 가장 핵심적인 과정으로, 각 악기 트랙 간의 사운드 밸런스를 조절하고 핵심적인 악기를 강조하여 음악의 퀄리티가 올라갈 수 있도록 만들어준다. 이를 통해 음악의 품질을 향상시키고 전문적인 느낌을 부여한다. 일반적인 믹싱은 다음과 같은 과정으로 진행된다.

트랙 준비 믹싱이 시작되기 전에 각각의 트랙을 정리하여 준비한다.

음량 조절 각 트랙의 볼륨을 조절하여 전체 믹스의 균형을 맞춘다. 곡 전체에서 특정 악기가 너무 높거나 낮게 들리지 않도록 하는 것을 포함한다.

이퀄라이제이션(EQ) 각 트랙의 주파수를 조절하여 공간을 확보하고 균형을 맞춘다. 특정 주파수를 부각시키거나 약화시킴으로써 각 트랙을 더욱 깔끔하게 만들어 준다.

컴프레션 트랙의 다이내믹 레인지를 조절하여 트랙의 레벨을 일정하게 유지하는 것을 의미한다. 이는 음악이 일관된 볼륨으로 들리도록 만들어 준다.

패닝 패닝은 각 트랙을 왼쪽이나 오른쪽으로 배치하여 공간감을 부여하는 것을 뜻한다. 이를 통해 곡이 더욱 넓은 공간을 차지하는 느낌을 줄 수 있으며, 각 요소의 위치를 조절하여 음악의 균형과 일관된 듣기 경험을 제공한다.

이펙트 추가 리버브, 딜레이, 코러스 등 다양한 이펙트를 추가하여 트랙을 더욱더 깊이 있게 더해준다.

앞서 설명된 것들 외에도, 컴퓨터를 이용한 디지털 기술을 활용하여 다양한 효과음과 사운드 기술을 추가할 수 있다. 이렇듯 믹싱은 단순하게 음악을 조화롭게 만드는 것뿐만이 아닌 음악의 특성과 의도를 이해하고 파악하며, 그에 맞게 최상의 사운드 품질을 만들어내는 과정이다. 그러므로 믹싱을 할 때에는 음악의 각 요소를 들여다보고 편집에 필요한 기술을 파악하는 것이 중요하다.

믹싱의 중요성

작곡에서 믹싱은 매우 중요한 단계로, 음악을 최종적으로 완성된 형태로 만드는 과정 중 하나이다. 다음은 믹싱이 왜 중요한지에 대한 설명이다.

음악 요소의 균형과 조화

믹싱은 다양한 음악 요소를 조화롭게 조합하여 균형을 이루는 과정이다. 이는 악기, 보컬, 드럼과 같은 백그라운드 음악 등의 요소들이 서로 어우러지며 자연스럽게 들리도록 하는 것을 의미한다. 각 트랙 요소의 볼륨, 팬, 이퀄라이저, 컴프레서 등을 조절하여 각 요소가 서로 맞물리며 음악 전체의 사운드 조화를 이룬다.

음악의 공간감과 깊이

믹싱은 음악에 공간감과 깊이를 부여하는 중요한 역할을 한다. 이는 각 요소가 공간상에서 어디에 위치하며, 어떤 깊이감을 가지고 있는지 결정함으로써 이루어진다. 공간적 효과 및 리버브, 딜레이 등의 효과를 사용하여 음악을 더욱 입체적으로 들리게 만들 수 있다.

음악의 감정 전달

믹싱은 음악이 전달하는 감정을 강조하고 향상시킨다. 각 악기 또는 보컬의 감정적 표현, 악기의 다이내믹 범위, 드럼의 리듬 등을 조절하여 음악이 원하는 감정을 청취자에게 전달할 수 있도록 돕는다.

청취자 경험 개선

믹싱은 리스너로 하여금 편안한 청취 경험을 만들어 준다. 균형 잡힌 믹싱은 듣는 이로 하여금 각 음악의 요소를 더욱 분명하게 들을 수 있도록 해주며, 특정 요소가 과도하게 강조되지 않도록 방지한다.

기술적인 요소 조정

믹싱은 기술적인 요소를 조정하는 과정이다. 이는 음량 레벨, 동적 범위, 주파수 응답 등과 같은 기술적인 측면을 조절하여 음악을 깔끔하게 만들어 준다.

결론적으로, 믹싱은 음악을 완성된 형태로 만들기 위해 다양한 요소들을 조화롭게 결합시키고, 청취자에게 최고의 청각적 경험을 제공하기 위한 중요한 과정이다.

마스터링은 음악 제작의 마지막 단계로, 믹싱 과정을 거친 트랙들이 하나로 합쳐져 최종적으로 완성되어 발매될 수 있도록 준비하는 과정이다. 마스터링의 주 목적은 노래를 이루는 여러 요소의 균형을 맞추고, 어떤 스피커나 이어폰, 헤드폰을 사용하더라도 좋은 사운드를 제공하는 것이다. 마스터링은 전문 장비와 소프트웨어를 사용하여 믹싱 된 트랙들을 일관되고 균형 있게 만들어주며, 최종적으로 발매될 음원 파일을 만들어 낸다. 마스터링을 통해 음악의 음량과 선명도 뿐만 아니라 전반적인 품질을 고려하여, 다양한 음원 사이트에서 프로페셔널한 수준의 음질로 재생하여 들을 수 있게 된다. 마스터링 과정은 다음과 같은 몇 가지 주요 단계로 구성된다.

음량 조절 및 동일화 마스터링 단계에서는 믹스된 각 트랙들을 하나로 합쳐 음량을 조정하여 일관된 레벨로 동일하게 맞춘다. 이는 곡 전체가 일관된 볼륨으로 들리도록 하여 청취 경험을 높인다.

주파수 균형 조정 마스터링할 곡 트랙의 주파수 스펙트럼을 조정하여 전체적인 주파수 균형을 향상시킨다. 이는 베이스, 중간음과 고음의 밸런스를 조절하여 음악이 깨끗하고 선명하게 들리도록 한다.

다이내믹 처리 다이내믹 범위를 조정하여 음악의 다이내믹 레인지를 최적화한다. 이는 과도한 동적 범위를 감소시키거나, 너무 작은 범위를 확대하여 음악이 더욱 폭넓고 동적인 느낌을 가지도록 하는 것을 의미한다.

스테레오 이미지 개선 마스터링 단계에서는 음악의 스테레오 이미지를 개선하기 위해 팬마이킹과 같은 기술을 사용하여 음악의 넓이와 깊이를 향상시킨다. 이는 음악이 이어폰이나 스피커에서 더욱 입체적으로 들리도록 만든다.

마스터링의 중요성

마스터링은 음원이 최종적으로 발매되기 전에 거쳐야 할 필수적인 단계이다. 마스터링은 음악의 품질과 경쟁력을 향상시키고, 청취자에게 더욱 훌륭한 음악 경험을 제공하는 데 중요한 역할을 한다. 해당 역할에 대한 설명은 다음과 같다.

음악의 일관성과 균형 유지

마스터링은 각각의 음악 트랙을 일관된 음량과 품질로 조정하여 청취자가 음악을 들을 때 일정한 경험을 할 수 있도록 한다.

다양한 장치에서의 재생 품질 보장

마스터링은 다양한 장치에서 음악을 재생할 때 품질이 일관되게 유지되도록 보장한다. 이것은 이어폰, 스피커, 자동차 오디오 시스템 등, 모든 오디오 장치에서 최상의 품질을 들을 수 있는 사운드로 만들어 준다.

음악의 경쟁력 향상

마스터링은 음악 시장에서 눈에 띄도록 만들어주는 역할을 하기도 한다. 품질이 향상되고 일관되게 유지되면, 음악이 청취자에게 더욱 뚜렷하고 프로페셔널하게 들리게 된다.

음악의 감정적 전달 강화

마스터링은 음악의 감정적인 전달을 강화한다. 음악의 다이내믹 범위와 주파수 균형을 조정하여 음악이 보다 감정적으로 들리도록 만들어 준다.

청취자 경험 개선

마스터링은 음악의 마지막 단계로써 청취자의 경험을 크게 개선해 주는 역할을 한다. 좋은 마스터링은 음악을 더욱 흥미롭고 감동적으로 만들어 주는 중요한 단계이다.

06-3 인공지능(AI)을 활용한 마스터링

인공지능(AI)은 복잡한 마스터링을 간소화하여 전문가 수준의 높은 퀄리티로 만들어 줄 수 있다. 사용자는 아이바, 뮤지아 원, 유디오 등으로 생성한 곡에 대한 마스터링을 인공지능을 통해 손쉽게 진행할 수 있다.

이마스터드를 활용한 마스터링

이마스터드(eMastered)는 AI를 사용하여 단 몇 초 만에 노래를 분석하고 마스터링을 해주는 플랫폼이다. 이마스터드 엔진은 기계 학습을 사용하여 마스터링하는 모든 노래를 개선하고 각 노래의 고유한 기능에 맞게 사용자 취향에 맞는 마스터링을 구축한다. 해당 AI는 각 마스터와 함께 학습하여 사용자의 스타일과 선호도에 맞게 조정이 가능하며, 고가의 스튜디오 요금을 지불하거나 마스터링을 학습하기 위한 시간을 할애하지 않고도, 모든 트랙에서 즉시 개선 사항을 들으면서 마스터링을 할 수 있다.

1 **회원가입하기** 구글 검색기에서 **❶**이마스터드를 검색하여 해당 웹사이트가 검색되면, **❷**eMASTERED 링크 버튼을 클릭한다.

2 회원가입을 위해 이마스터드 웹사이트 메인화면 우측 상단에서 가입하기 무료 버튼을 눌러, 계정 생성을 위한 창을 열어준다.

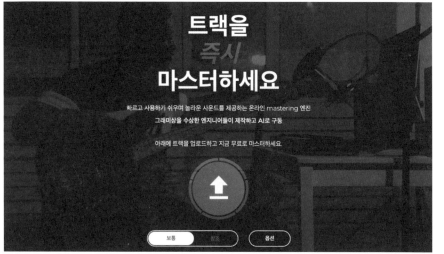

☑ 해당 화면과 메뉴는 웹사이트(업체) 리뉴얼에 변경될 수 있다.

3 이마스터드는 구글을 비롯해 페이스북 계정과도 연동되어 쉽게 가입할 수 있다. 만약 구글과 페이스북 계정이 없다면 자신의 이메일을 입력하여 회원가입을 하면 된다.

4 마스터링하기 로그인 후 메인화면이 열리면 '트랙을 즉시 마스터하세요'라는 문구와 함께 곧바로 마스터링을 할 수 있도록 만들어진 화면이 표시된다. 여기에서 아래쪽에 있는 <u>화살표(↑)</u>에 마우스 커서를 갖다 놓으면, 마스터링할 트랙을 끌어다 놓거나 외부 경로에서 마스터링할 곡을 가져올 수 있는 화면이 나타난다.

5 <u>학습자료 혹은 자신이 만든 음악 파일이 업로드 되었다면</u>, 그림처럼 자동으로 마스터링 작업에 들어간다.

6 인공지능이 마스터링을 위한 작업을 마무리하면, 그림처럼 완성된 마스터링 편집에 대한 메뉴들과 사용자가 원곡과 마스터링한 후의 차이를 비교할 수 있는 화면이 표시된다.

7 다음 화면에서는 오리지널과 EMASTERD 두 개의 옵션을 제공한다. 오리지널은 가져온 곡의 원본 상태, 즉 마스터링을 진행하기 전의 소리를 들을 수 있고, EMASTERD는 이마스터드가 진행한 마스터링 작업의 결과물을 비교하며 들을 수 있다.

8 옵션 메뉴 살펴보기 좌측 상단의 옵션은 그림처럼 마스터링에 대한 옵션을 설정할 수 있는 화면이 표시된다. 옵션에 대한 각 기능은 다음과 같다.

마스터링 인텐시티 마스터링 과정에서 적용되는 압축, 이퀄라이제이션, 리버브 등의 효과를 조절하는 정도나 강도를 나타내는 용어이다. 음악의 다이나믹 레인지를 조절하거나 주파수 스펙트럼을 조정하는 등의 작업을 포함한다. 인텐시티가 높을수록 해당 효과가 더 강하게 나타나는데, 예를 들어, 높은 마스터링 인텐시티는 더 강한 압축이나 더 강한 이퀄라이제이션 조정을 나타낼 수 있다.

압축기 강도 압축기가 입력 신호를 얼마나 강하게 압축할지 나타내는 것을 의미한다. 압축기 강도가 높을수록 압축 효과가 강하게 적용되며, 입력 신호의 다이내믹 레인지가 줄어들게 된다. 이는 음악이 더 강하고 균일한 볼륨으로 들리게 만들거나, 특정 부분이 과도하게 높은 볼륨을 가질 때 이를 조절하기 위해 사용될 수 있다.

균등화 강도 음악에서 균등화 강도는 일반적으로 이퀄라이제이션을 사용하여 주파수 응답을 조절할 때 얼마나 강하게 이루어지는지를 나타낸다. 특정 주파수 대역을 강조하거나 억제하여 음악의 주파수 스펙트럼을 조정하는데 사용된다. 균등화 강도가 높을수록 해당 주파수 대역에 대한 강도가 높아지며, 해당 주파수 대역의 음량이 올라가거나 내려간다.

스테레오 너비 스테레오 미스에서 음악이 위쪽 스피커와 오른쪽 스피커 사이에 얼마나 넓게 배치할 것인지를 이미지로 나타낸 것이다. 스테레오 너비가 클수록 음악이 더 넓은 공간에 퍼져 들리고, 이미지가 더 넓어진다. 음악을 좀 더 넓고 확장된 공간으로 들리게 만들거나, 좁은 공간에 음악을 집중시키는 효과를 줄 수 있다.

음량 이마스터드를 사용하여 설정한 마스터링의 볼륨값을 설정할 수 있다.

균등화 이마스터드로 마스터링을 작업한 곡의 저음 중저음 고역대를 별도로 설정할 수 있다.

해당 옵션들을 작업 상황에 맞게 설정하고 적용할 수 있으며, 설정한 옵션들을 사용자 프리셋으로 지정(등록)할 수 있다.

9 참조 메뉴 살펴보기 참조는 레퍼런스 파일을 위한 파일 업로드를 할 수 있다. 마스터링을 위한 곡의 참조 곡을 업로드하면, 이마스터드에서 해당 참조 곡을 분석하여 적용시켜 자동으로 설정해 준다.

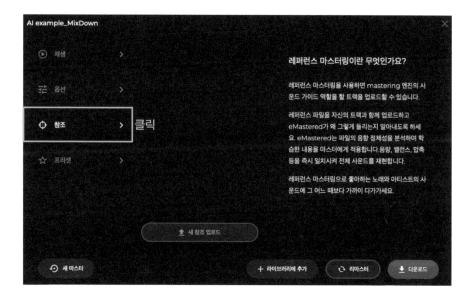

10 프리셋 메뉴 살펴보기 프리셋은 사용자가 사전에 설정(등록)해 놓은 옵션들을 다시 불러와 빠르게 적용할 수 있다.

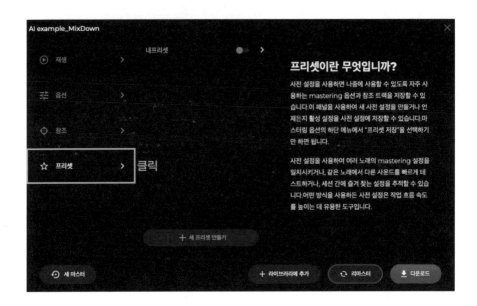

⑪ 마스터링할 곡의 모든 설정이 끝났다면, 우측 하단의 <u>리마스터</u> 버튼을 클릭한다. 그러면 설정한 내용에 맞게 마스터링 설정이 다시 진행되며, 그림처럼 완성된 마스터링 화면이 표시된다.

이마스터드 요금제 살펴보기: 다운로드하기

이마스터드에서 완성된 마스터링 곡을 다운로드받기 위해서는 유료 요금제를 사용해야 한다. 요금제 설명은 다음과 같다.

☑ 해당 요금제에 대한 내용은 웹사이트(업체) 규정에 따라 변경될 수 있다.

연간 (월별 청구) 1년 약정에 해당하는 요금을 사용할 경우 19달러, 한화로 약 26,000원이다.

연간 13달러, 한화로 약 18,000원(156달러 선결제 청구 시 한화 약 21만 600원)이다.

월별 (매월 청구) 월 39달러, 한화로 약 53,000원이다. 해당 요금제는 월 기준이기 때문에 언제든지 해지가 가능하다.

이렇듯 이마스터드는 세 가지 요금 옵션을 제공하며, 모든 요금제는 무제한 MP3 파일과 WAV 파일 그리고 무제한 HD WAV 파일을 다운로드 받을 수 있다. 또한, 고급 마스터링 옵션, 레퍼런스 엔진 기능, 클라우드 스토리지, 공유 가능한 라이브러리 페이지, 트랙 통계 등의 동일한 기능을 사용할 수 있다. 요금제 선택 및 결제 후에는 우측 하단의 <u>다운로드</u>를 통해 완성된 마스터링 곡을 받아 저장할 수 있다.

07

실무 곡 제작 및
음원의 활용

음악은 다양한 장르로 구성되어 있다. 이번 장에서는 실제 음원 제작에 대한 각 장르의 특성을 이해하고 직접 제작해 볼 것이며, 또한 생성된 음악과 장르에 맞는 이미지를 결합하여 동영상을 만드는 과정도 살펴볼 것이다. 이를 통해 창의적인 아이디어를 현실화하고, 실제 음악 활용 능력을 향상시킬 수 있다.

07-1 다양한 장르의 음악 만들기

이번에는 지금까지 학습한 아이바, 사운드로우로, 뮤지아 원, 유디오를 활용하여 여러 음악 장르를 제작하는 방법에 대해 알아보도록 한다. 이를 통해 각각의 도구와 스타일에 맞게 음악을 창조하면서 코드의 음정을 살펴보는 음악 제작 능력을 향상시킬 수 있다.

재즈 음악 만들기: 아이바 활용

아이바를 활용하기 위해 아이바 웹사이트에 접속한다. 이번에는 아이바를 통해 재즈 음악을 만들어보기로 한다.

1 여기에서는 간단하게 재즈 음악을 생성하기 위해 좌측 상단 ❶Create Track 메뉴에서 ❷ From a Style을 선택한다.

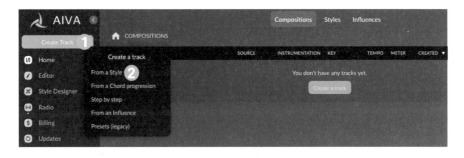

2 스타일 라이브러리 화면이 열리면 좌측 상단 검색 창에 ❶Jazz라고 입력하여 재즈 장르에 해당하는 곡을 검색한다. 재즈 장르의 곡이 검색되면 ❷Create 버튼을 누른다.

3 Create from a style 창이 열리면 원하는 곡의 **❶**스케일과 곡의 길이(시간) 그리고 몇 곡을 생성할 것인지 설정한 후, **❷**Create tracks 버튼을 눌러 재즈 장르의 곡을 완성한다.

힙합 음악 만들기: 사운드로우 활용

이번에는 사운드로우를 활용하여 힙합 장르의 곡을 만들어보기로 한다. 그러기 위해 사운드로우 웹사이트에 접속한다.

1 사운드로우 메인화면이 열리면 상단 **❶**Create Music을 클릭한 후 장르에서 **❷**Hip Hop을 선택하여 힙합 음악을 생성해 준다. 여기에서는 예시로, **❸**005 곡을 선택하였다.

2 원하는 곡을 선택했다면, 앞서 학습한 것을 참고하면서 선택한 곡의 길이와 템포, 악기 구성, 스케일 그리고 볼륨 등을 설정한다.

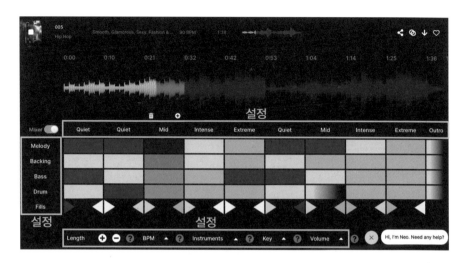

3 곡에 대한 설정이 끝나면 그림처럼 우측 상단의 화살표 모양의 <u>다운로드</u> 버튼을 눌러 곡을 저장한다.

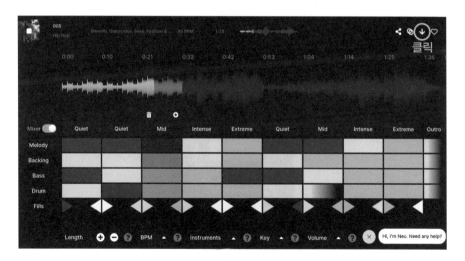

자주 사용하는 곡을 즐겨찾기에 등록하기

1 사운드로우는 사용자가 원하는 장르를 선택하면 선택한 장르의 곡들을 랜덤으로 생성한다. 이어서 또 다른 새로운 곡을 찾기 위해 장르를 변경하면 이전에 나타난 곡들이 사라지며, 다른 곡들이 랜덤 생성되어 앞서 사용자가 선택한 곡이 사라지는 불편함을 경험하게 된다. 이럴 땐 즐겨찾기 기능을 통해 마음에 드는 곡을 추가하여 원할 때에 사용할 수 있다. 살펴보기 위해 그림의 우측 상단 하트 모양을 클릭한다.

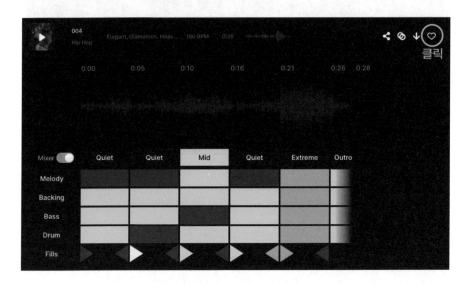

2 그다음 ❶프로필 모양을 클릭한 후 나타나는 메뉴에서 ❷Favorites를 선택한다. 그러면 언제든지 즐겨찾기로 등록된 곡을 사용할 수 있다.

3 사용자는 랜덤으로 생성되는 곡들 중에서 자신이 원하는 곡을 선택하여 세부 설정을 할 때, 아래 그림에서 박스로 표시된 곡의 다이내믹을 설정할 수 있는데, 해당 다이내믹 기능을 사용하면 곡의 흐름을 더욱 생동감 있게 만들어, 지루하지 않게 할 수 있다.

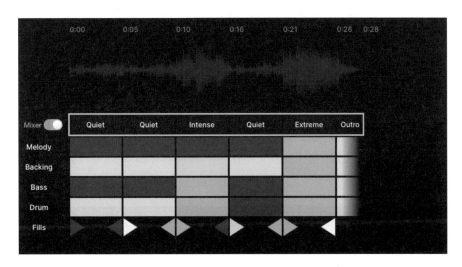

위 그림처럼 첫 시작과 다음 부분을 Quiet(조용)하게 시작하는 모드로 설정했다면, 그 뒤로 서서히 고조되는 느낌을 주기 위해 Intense 모드로 설정하였다. 그러나 다시 Quiet 모드로 설정하여 가라앉는 느낌을 주다가 Extreme으로 설정하여 갑자기 커지는 느낌으로 설정하면 곡이 살아 움직이는 느낌을 주는 생동감을 연출할 수 있다.

사운드트랙(영화, 게임, BGM) 만들기 : 뮤지아 원 활용

이번에는 뮤지아 원을 활용하여 영화, 게임, BGM 등의 사운드트랙을 만들어보기로 한다. 그러기 위해 뮤지아 원 웹사이트에 접속한다.

1 사운드트랙 장르의 곡을 만들기 위해 뮤지아 원 스튜디오 메인화면에서 생성할 ❶곡의 프로젝트 이름을 지정한다. 그다음 생성할 ❷사운드트랙 선택 그리고 ❸템포와 키 설정을 한 후, ❹파트 지정을 해주고, ❺코드 진행을 생성해 준다.

2 코드 진행 설정이 완료되면, ❶원하는 악기 설정을 한 후, ❷각 파트의 마디를 지정하여 자동 생성을 눌러 곡을 만들어 준다. 만약, 생성된 곡이 마음에 들지 않으면, 취향에 맞게 각 파트를 더블클릭하여 원하는 음정에 노트를 이동하거나 생성하여, 생성된 노트를 수정할 수 있다.

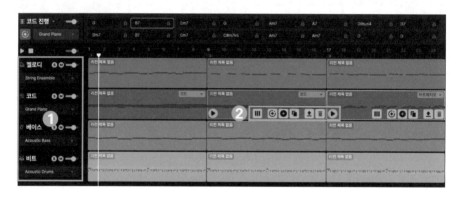

3 곡 생성에 대한 모든 설정이 끝나면, 우측 상단 ❶폴더 모양의 버튼에서 ❷내보내기 메뉴를 통해 ❸원하는 파일 형식으로 파일을 저장한다. 이와 같은 방법으로 다양한 장르를 간편하게 생성할 수 있다.

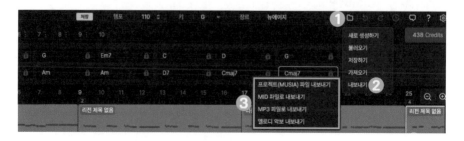

비전공자를 위한 코드 진행 설정 및 파트 지정법

뮤지아 원으로 사운드 트랙을 만들기 위해 코드 진행 설정 및 각 파트 지정에 대한 팁을 알아보도록한다. 뮤지아 원 스튜디오에서 사운드트랙 장르의 곡을 만들기 위해 템포와 키 설정을 마쳤다면, 좌측 상단 ❶+ 모양의 코드 추가 버튼을 눌러 우측에 미리 설정해 놓은 ❷G 메이저 스케일로 이루어진 코드가 자동 생성되도록 한다. G 메이저 스케일은 솔, 라, 시, 도, 레, 미, 파#, 솔로 구성된 스케일이다. 생성된 코드 위쪽의 ❸+ 모양의 버튼을 눌러 파트를 생성한 후, 이름을 1로 수정하면 파트 1번이 생성된다. 파트 이름은 사용자가 구성하고자 하는 구성에 맞는 이름으로 지정해 주면 된다. 1번 파트를 생성하였다면 트랙 좌측의 첫 번째에 있는 ❹파트 지정 버튼을 눌러 생성해 놓은 1번 파트로 지정해 준다.

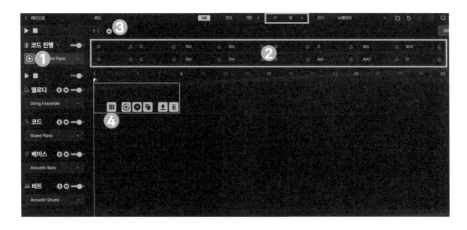

파트 지정 후, 파트 지정 옵션 우측의 ❶자동 생성 버튼을 눌러 ❷모든 리전에 자동 생성 - 파트를 선택한다. 그러면 각 트랙에 자동으로 악기에 해당하는 파트들이 표시된다.

각 파트에 자동으로 생성 되었다면, 이제 다음 파트를 구상해야 하는데, 설정해 놓은 G 메이저 스케일에서의 어떤 코드로 이어 갈지 모르겠다면, 파트 추가 버튼을 눌러 2번 파트를 생성하면 아래의 그림처럼 생성된 2번 파트에 대한 코드를 선택할 수 있는 창이 새롭게 표시된다.

이 상태에서 다시 ❶코드 자동 생성 버튼을 누르면, 음악 이론에 대한 지식이 없는 비전공자를 위해 뮤지아 원은 자동으로 지정해 놓은 G 메이저 스케일 안에서 사용할 수 있는 코드들을 1번 파트에서 2번 파트로 넘어갈 때 자연스럽게 이어질 수 있도록 ❷생성해 준다.

2번 파트에 대한 코드가 생성되었다면, 계속해서 1번 파트 우측의 빈 칸에 마우스 커서를 갖다 놓고, ❶파트 지정 버튼을 눌러 2번 파트로 지정 한 후, 우측 ❷자동 생성에서 모든 리전에 자동 생성 – 파트를 선택하여 2번 파트에 해당하는 트랙들을 자동 생성해 준다. 그러면 그림처럼 2번 파트에 대한 트랙들도 자동으로 생성되어 표시된다.

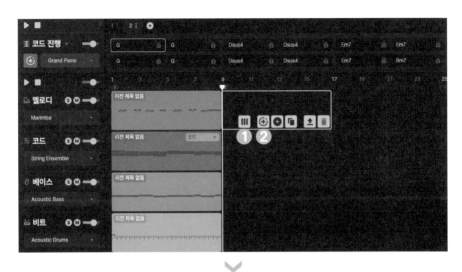

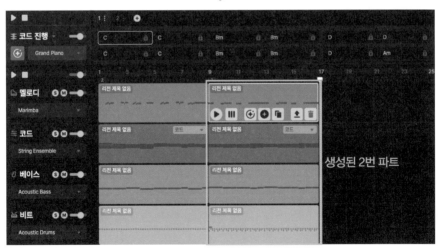

살펴본 것처럼 음악 이론을 모르는 비전공자라도 뮤지아 원의 코드 자동 생성 기능을 사용하면, 사용자가 지정한 스케일에 따라 자연스러운 곡을 간편하게 생성할 수 있다.

트로트 만들기: 뮤지아 원 활용

이번에는 K팝 못지않게 관심을 끌고 있는 트로트를 만들어 본다. 본 학습에 들어가기 전에 트로트에서는 어떤 스케일과 어떤 코드를 쓰는지 간략하게 알아 본다. 트로트는 다양한 스케일을 활용하여 작곡하기도 하지만, 주로 펜타토닉 스케일이라는 5음계로 이루어진 스케일을 활용한다. 펜타토닉 스케일의 '펜타'는 다섯을 의미하고, '토닉'은 으뜸음을 뜻한다. 해당 스케일은 간결하면서도 멜로디와 하모니를 풍부하게 표현할 수 있는 특징을 가지고 있다. 펜타토닉 스케일은 여러 유형들이 있지만 다음과 같이 크게 두 가지 유형으로 구분된다.

메이저 펜타토닉 스케일

일반적인 메이저 스케일에서 네 번째와 일곱 번째 음을 제외한 다섯 개의 음으로 구성된다. 예를 들어, C 메이저 스케일(C, D, E, F, G, A, B)에서 네 번째 음인 F와 일곱 번째 음인 B를 빼면 1도 2도 3도 5 도 6도인 'C, D, E, G, A'로 구성되어 C 메이저 펜타토닉 스케일이 된다.

마이너 펜타토닉 스케일

일반적인 자연 마이너 스케일에서 두 번째와 b여섯 번째 음을 제외한 나머지 다섯 개의 음으로 구성된다. 예를 들어, C 마이너 스케일(C, D, Eb, F, G, Ab, Bb)에서 두 번째 음인 D와 여섯 번째 음인 Ab을 빼면 1도 b3도 4도 5도 b7도인 'C, Eb, F, G, Bb'으로 구성되어 C 마이너 펜타토닉 스케일이 된다.

이제 빠르고 쉬운 C 메이저 펜타토닉 스케일을 활용하여 트로트를 만들기 위해 뮤지아 원 스튜디오 화면을 열어준다.

1 뮤지아 원 스튜디오 메인화면에서 먼저 장르를 ❶케이팝으로 설정한다. 뮤지아 원은 트로트 장르가 없기 때문에 편의상 케이팝으로 지정해 보았다. 계속해서 곡의 ❷템포를 설정 (예시로 120), ❸키는 C키, 프로젝트 이름은 ❹트로트라고 입력한다. 마지막으로 코드 진행 설정을 위해 ❺C 메이저 펜타토닉 스케일에 대한 코드를 넣어준다. C 메이저 펜타토닉 스케일을 C 기준으로 나열했을때, C, D, E, G, A 중에서 예시로 C, A, E, G, A, D, C, G 순으로 지

정해 보았다. C 메이저 스케일 기준으로 메이저 펜타토닉을 나열하면 코드에 표시된 것 처럼 C, Am, Em, G, Am, Dm, C, G코드가 완성된다.

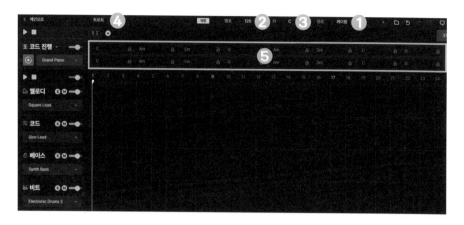

2️⃣ **코드 설정하기** 코드 설정을 위해 <u>코드 선택</u>을 클릭한 후, 원하는 코드를 선택한다. 예시로, C를 클릭하면 해당 코드 지정이 완료된다. 첫 번째 코드인 C코드 지정을 완료했다면, 나머지 Am, Em, G, Am, Dm, C, G에 해당하는 코드도 같은 방법으로 지정한다.

3 코드 지정을 완료하면 ❶멜로디, 코드, 베이스, 비트 트랙의 악기를 자신이 원하는 악기 구성으로 변경한다. 악기 구성이 완료되면 곡을 구성할 파트를 지정하기 위해 ❷제목 없음을 클릭한다. 파트 이름은 예시처럼 ❸1이라고 지정해 준다.

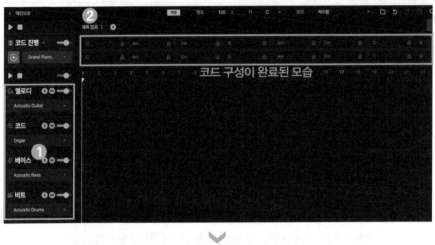

4 지정한 1번 파트에 대한 각 트랙의 파트를 지정하기 위해, 첫 번째로 멜로디 트랙의 빈 곳에 마우스 커서를 갖다 놓으면 나타나는 옵션(기능)에서 첫 번째 ❶파트 지정 버튼을 클릭하여 방금 지정한 ❷파트 1번을 선택한다.

5 계속해서 파트 지정 버튼 옆의 **①**<u>자동 생성</u> 버튼을 눌러 **②**<u>모든 리전에 자동 생성 - 파트</u> 버튼을 선택한다.

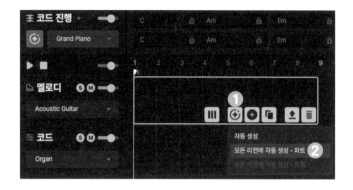

6 그러면 그림처럼 4개의 멜로디, 코드, 베이스, 비트 트랙에 악기들과 함께 트랙이 생성 된 것을 확인할 수 있다. 이렇게 각 트랙에 대한 멜로디, 코드, 베이스, 드럼 트랙 생성된 상 태에서 스페이스바를 누르면 설정한 C 메이저 펜타토닉 스케일을 활용한 C, Am, Em, G, Am, Dm, C, G코드가 각 트랙에 지정된 파트 1번의 사운드가 재생된다.

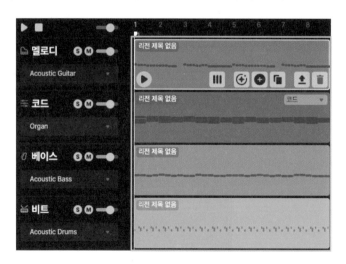

7 자동 생성을 통해 생성된 곡은 지정한 C 메이저 펜타토닉 음계에 해당하는 멜로디가 각 트랙에서 나오지 않게 되는데, 곡 생성을 위해 C 메이저 펜타토닉 스케일인 도, 레, 미, 솔,

라를 활용하여 더욱 트로트 느낌을 주고 싶다면, 수정하고자 하는 트랙, 예시로 멜로디 트랙을 수정하기 위해 멜로디 트랙의 빈 곳을 더블클릭한다.

8 그러면 자동 생성한 멜로디 트랙에 대한 노트가 표시된 화면이 표시되며, 멜로디 트랙에 대한 자동 생성된 노트들을 보면, C 메이저 펜타토닉 스케일에 포함되지 않은 시 음정을 확인할 수 있다. 여기에서 해당 음정을 제외하기 위해 멜로디 트랙 설정 창에서 5음계를 선택한다.

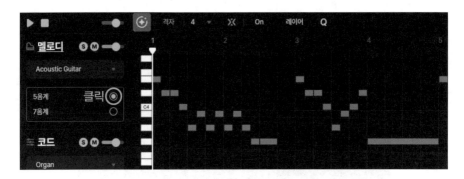

9 5음계 선택 후, 상단의 스튜디오로 버튼을 눌러 다시 뮤지아 원 메인 스튜디오 화면으로 돌아간다.

10 멜로디 트랙에서 ❶자동 생성 버튼을 클릭하여 ❷자동 생성을 선택한다. 그러면 '전에 이미 생성된 노트가 있습니다. 지금 멜로디로 새로 생성하면 해당 노트는 삭제됩니다. 그래도 생성하시겠습니까?'라는 메시지 창이 뜨는데, ❸확인 버튼을 누르면 멜로디 트랙의 노트들이 5음계의 새로운 트랙이 생성된다.

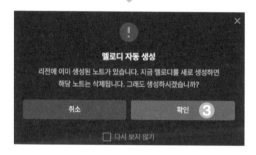

11 지정한 5음계에 대한 노트들이 제대로 적용되었는지에 확인하기 위해 새로 생성된 멜로디 트랙의 빈 곳을 더블클릭하여 노트 생성 화면으로 들어간다.

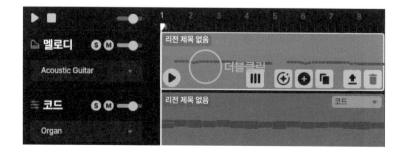

12 현재 건반은 지정한 C 메이저 펜타토닉 스케일 구성 음인 도, 레, 미, 솔, 라에서 미를 제외한 음을 화살표로 표시하고 있는데, 이 상태에서 <u>스페이스바를 눌러 재생하면</u> 그럴싸한 트로트 멜로디가 들릴 것이다. 이렇듯 뮤지아 원의 자동 생성 기능이 사용자가 지정한 5음계가 잘 반영된 것을 확인할 수 있다.

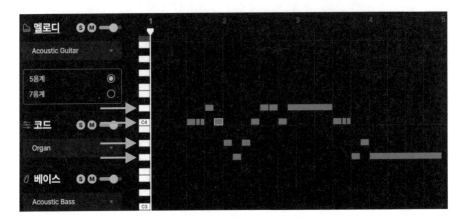

💡 **5음계 사용 시 알아두어야 할 것**

위 작업에서 생성된 노트들을 예시로, C 메이저 펜타토닉 스케일 도, 레, 미, 솔, 라 구성음에서 <u>다섯 개의 모든 음정 중 하나의 음정이 무조건 들어갈 필요가 없기 때문에</u> 도, 레, 미, 솔, 라로 구성된 C 메이저 펜타토닉에 해당하는 다섯 개의 음계를 적절하게 활용하면 된다.

13 멜로디 트랙에 대한 5음계 설정이 끝났다면, 이제 나머지 트랙에 대한 5음계 설정을 위해 다시 스튜디오 화면으로 돌아간다. 이번엔 멜로디 트랙 아래쪽의 <u>코드 트랙의 빈 곳을 더블클릭하여 노트 모드로 전환한다.</u>

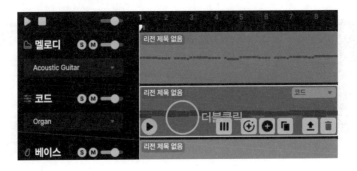

14 코드 트랙 역시 앞서 살펴본 멜로디 트랙처럼 <u>5음계와 7음계를 설정하는 창이 별도로 표시되지 않는다</u>. 이것은 아래쪽 베이스와 비트 트랙도 마찬가지이다.

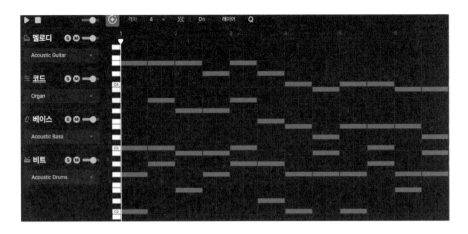

15 각 트랙의 C 메이저 펜타토닉 스케일을 위한 5음계 설정을 적용하고자 한다면, 일단 다시 멜로디 트랙 노트가 있는 화면으로 돌아가야 한다. 참고로 각 트랙의 노트가 있는 화면에서 다른 악기 트랙의 노트 화면으로 바꾸고 싶다면, 해당 트랙의 빈 곳을 클릭하면 되는데, 이번 예시로 사용할 멜로디 트랙 노트 화면으로 바꿔주기 위해 ❶<u>동그라미 영역(빈 곳)</u>을 클릭한다. 다른 트랙들 또한 C 메이저 펜타토닉 스케일의 5음계에 맞게 바꿔주어야 하기 때문에 멜로디 트랙에서 ❷<u>5음계가 제대로 설정 되었는지 확인</u>하고, 다시 메인 스튜디오 화면으로 돌아온다.

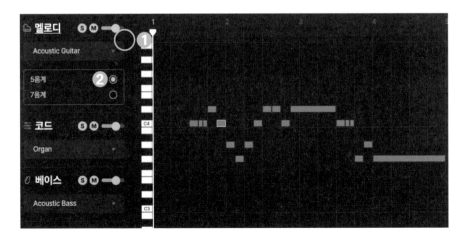

16 다시 스튜디오 화면에서 앞서 5음계로 설정했던 멜로디 트랙의 ❶자동 생성 버튼을 눌러 이번에는 ❷모든 리전에 자동 생성 - 파트를 선택한다. 그러면 모든 트랙의 노트들이 재생성되어 하나의 트랙으로 표시된다. 이때, 기존의 멜로디 트랙에 적용된 5음계에 해당하는 노트들도 재생성되어 새로운 트랙으로 생성되기 때문에 기존 5음계였던 멜로디는 사라지고, 새로운 5음계의 노트들이 찍힌 트랙이 생성된다.

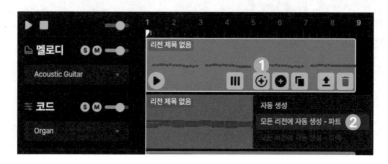

17 각 트랙에 대한 5음계에 어울리는 설정이 완료됐다면, 설정한 5음계에 대한 설정이 잘 적용 되었는지 확인하기 위해 이번에는 베이스 트랙의 빈 곳을 더블클릭한다.

18 여기에서 각 코드의 근음(으뜸음)을 연주하는 베이스 트랙을 클릭(선택)하여 5음계 노트의 라, 솔, 미, 레, 도 음정을 확인해 본다. 현재는 설정한 C 메이저 펜타토닉 구성음으로 잘 적용된 것을 확인힐 수 있다. 확인 후 다시 메인 스튜디오 회면으로 돌아간다.

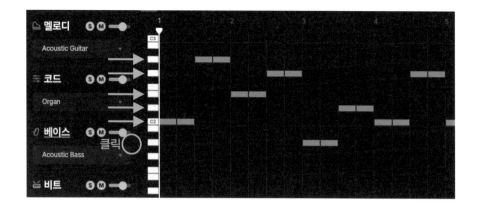

19 메인 스튜디오 화면에서 <u>스페이스바를</u> 눌러 재생하면 5음계로 이루어진 트로트 멜로디
가 흘러나오는 것을 확인할 수 있다. 계속해서 다음 파트를 위해 ± 버튼을 눌러 새로운 파트
를 설정할 수 있도록 한다.

20 파트는 ●2라는 이름으로 해주고, <u>코드 선택 부분은 새로운 2번 파트에 들어갈 C 메이저
펜타토닉 스케일의 5음계를 활용하여 코드를</u> 지정한다. 이것은 1번 파트에서 지정한 C, Am,

Em, G, Am, Dm, C, G 순서의 코드가 아니더라도, 5음계에 해당하는 코드들의 순서를 바꿔서 지정할 수 있다. 이번에는 예시로, ❷Dm, Am, C, G, Dm, Dm, Em, Em 순으로 코드를 설정해 본다.

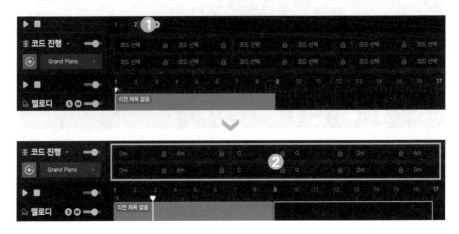

[21] 설정이 완료되면, 그림처럼 앞서 생성된 트랙의 우측 빈 곳에 마우스 커서를 갖다 놓으면 나타나는 기능 중 첫 번째 ❶파트 지정 버튼을 클릭한 후 새로 생성한 ❷파트 2번을 선택한다.

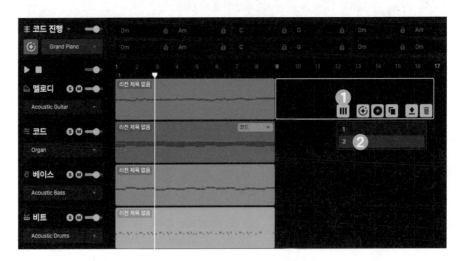

22 계속해서 ❶자동 생성 버튼을 클릭한 후 ❷모든 리전에 자동 생성 - 파트를 선택한다. 그러면 각 트랙에 자동으로 트랙이 생성된다. 이것은 앞서 1번 파트의 멜로디 트랙에서 5음계로 설정해 두었기 때문에, 새로 지정한 파트에서도 5음계의 멜로디로 자동 생성되어 트랙이 완성된 것이다.

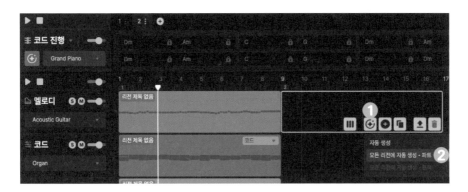

23 같은 방법으로 새로운 파트 추가 및 5음계를 사용하여 자신만의 트로트를 완성한다. 이와 같은 과정을 통해 이후에도 계속 C 메이저 펜타토닉 스케일을 활용하여 펜타토닉 스케일을 구성하는 5음계의 트로트를 작곡할 수 있다.

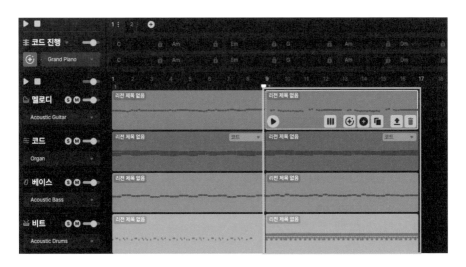

유튜브 배경음악 만들기: 유디오 활용

유튜브 콘텐츠에서 배경음악은 시청자들에게 감정적인 연결을 제공하고 콘텐츠의 분위기를 조절하는 데 중요한 역할을 한다. 적절한 배경음악은 콘텐츠를 더욱 매력적으로 만들어주며, 시청자의 관심을 끌고 머물게 할 수 있다. 이번에는 유디오를 활용하여 간편하게 유튜브 배경음악을 만드는 방법에 대해 알아본다.

1 BGM 테마 정하기 먼저 어떤 테마의 BGM을 만들 것인지 정한다. 예시로, 밝은 느낌의 오케스트레이션으로 구성된 BGM을 주제로 해보자. 밝은 느낌의 오케스트레이션의 BGM 생성에 알맞은 프롬프트 작성을 하기 위해 챗 GPT를 활용해 본다. 챗GPT 프롬프트에 [너는 세계적으로 유명한 BGM 작곡가야. 생성형 AI를 활용해서 유튜브에 사용할 밝은 느낌의 웅장한 오케스트라 곡을 만들고 싶어. 너라면 어떤 키워드를 넣을 거야? 한국어로 작성해줘]라는 질문을 한다. 그러면 다음과 같은 여러 키워드들을 제시해 준다. 챗GPT가 제시한 여러 키워드가 마음에 든다면 영문으로 변환한다. 번역 작업은 챗GPT에서도 가능하다.

ChatGPT 4 ⌄

질문
> **You**
> 너는 세계적으로 유명한 BGM 작곡가야. 생성형 AI를 활용해서 유튜브에 사용할 밝은 느낌의 웅장한 오케스트라 곡을 만들고 싶어. 너라면 어떤 키워드를 넣을거야? 한국어로 작성해줘

답변
> **ChatGPT**
> 세계적으로 유명한 BGM 작곡가라면, 유튜브에 사용할 밝은 느낌의 웅장한 오케스트라 곡을 만들기 위해 다음과 같은 한국어 키워드를 사용할 수 있겠습니다:
>
> 1. 밝은 오케스트라
> 2. 웅장한 심포니
> 3. 희망적인 멜로디
> 4. 에너지 넘치는 스트링
> 5. 영감을 주는 브라스
> 6. 파워풀한 타악기
> 7. 화려한 하모니
> 8. 모험적인 테마
> 9. 경쾌한 리듬
> 10. 감동적인 클라이맥스
>
> 이러한 키워드들은 작곡 과정에서 음악의 분위기와 스타일을 명확하게 전달하는 데 도움이 될 것입니다. 키워드를 선택할 때는 타깃 청중이나 비디오의 주제와 어울리는 방향을 고려하는 것이 중요합니다.

2 영문 프롬프트로 변환됐다면, 아래 그림처럼 유디오에서 사용할 <u>키워드 부분을 복사</u> <u>(Ctrl+C)</u>한다.

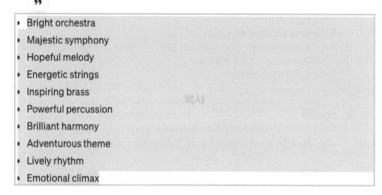

3 **생성하기** 이제 유디오 메인화면 상단의 <u>프롬프트 입력</u> 창에 방금 복사한 챗GPT의 프롬 프트를 ❶<u>붙여넣기(Ctrl+V)</u>한다. 그다음 Lyrics는 ❷Auto-generated로 선택한 후, ❸Create 버 튼을 눌러 해당 프롬프트에 맞는 곡을 생성한다. 유디오는 기본적으로 두 개의 곡이 생성된 다. 만약 생성된 곡이 마음에 들지 않는다면, 챗GPT에서 프롬프트를 수정한 후 다시 시도한 다.

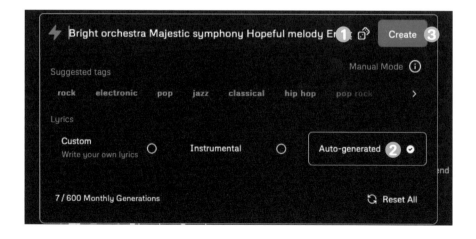

4 이번에는 챗GPT를 활용하여 보다 구체적인 주제의 배경음악을 생성하기 위해 그림과 같은 질문을 한다. 그러면 챗GPT는 질문의 의도를 정확하게 파악하여 추가적인 키워드와 함께 또 다른 프롬프트를 제시해 준다. 한글 답변은 영문으로 변환한다.

질문

> 🧍 **You**
> 생성형 AI를 활용해서 유튜브에 사용할 BGM을 만들거야. 나의 구체적인 키워드는
> 테마: 행복한, 밝은
> 장르: 오케스트레이션
> 스타일: 120템포의 적당히 빠른 느낌
> 악기 및 사운드 디자인: 메인 악기로는 현악기와 관악기, 서브 베이스, 어쿠스틱 드럼 머신이 들어가며 후렴구는 여유로운 느낌을 주면 좋겠어.
> 또 다른 좋은 키워드들이 있을까?

답변

> ⑤ **ChatGPT**
> 주어진 구체적인 키워드에 기반해, 유튜브 BGM 제작을 위한 추가적인 키워드를 제안하겠습니다.
> 이러한 키워드들은 음악의 다양한 요소를 더욱 풍부하게 만들어 줄 수 있습니다:
>
>   1. **희망적인 스트링 패턴** - 현악기의 사용을 강조하며 희망과 밝음을 표현할 수 있습니다.
>   2. **강렬한 브라스 섹션** - 관악기의 힘과 에너지를 표현하며 곡의 에너지를 끌어올립니다.
>   3. **따뜻한 베이스라인** - 서브 베이스를 사용하여 깊이와 따뜻함을 추가합니다.
>   4. **자연스러운 드럼 그루브** - 어쿠스틱 드럼 머신을 이용해 자연스럽고 리드미컬한 박자를 제공합니다.
>   5. **꿈꾸는 듯한 하모니** - 후렴구에 여유로운 느낌을 주기 위해 사용될 수 있는 부드러운 코드 진행과 하모니.
>   6. **생동감 넘치는 피치케이션** - 현악기의 빠른 피치케이션으로 리듬과 텍스처를 살립니다.
>   7. **신선한 멜로디 라인** - 새로움과 창의성을 반영하는 멜로디를 통해 듣는 이의 귀를 사로잡습니다.
>   8. **파노라믹 사운드스케이프** - 음향 효과와 사운드 디자인을 통해 광대한 음향 경험을 제공합니다.
>   9. **중첩된 리듬 레이어** - 다양한 리듬 요소를 중첩시켜 복잡성과 풍부함을 추가합니다.
>   10. **감성적인 클라이맥스 전개** - 감정적으로 충만한 클라이맥스로 청중의 감정을 고조시킵니다.
>
> 이러한 키워드들을 통해 더욱 다채롭고 풍부한 음악적 요소를 구현할 수 있을 것입니다.

5 변환된 영문 프롬프트에서 그림처럼 ❶10개의 키워드를 복사한 후, 유디오 ❷프롬프트에 붙여넣기한다. 그다음 ❸Create 버튼을 눌러 곡을 생성한다. 생성된 2개의 곡은 프롬프트에 맞는 오케스트라 테마인 것을 알 수 있다.

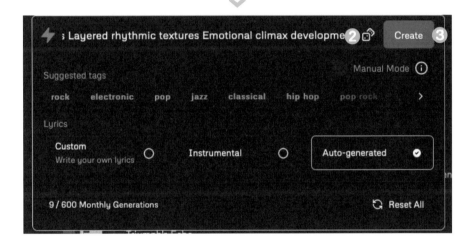

ChatGPT

Sure, here's a concise English prompt that captures all the detailed keywords for a bright and happy orchestral background music piece:

- Hopeful string patterns
- Powerful brass section
- Warm basslines
- Natural drum grooves
- Dreamy harmonies
- Lively pizzicato rhythms
- Fresh melody lines
- Panoramic soundscapes
- Layered rhythmic textures
- Emotional climax development

6 **유디오 프롬프트를 활용한 곡 생성하기** 이번엔 다른 장르의 곡을 생성해 본다. 예시로, 팝 장르 기반의 기타가 함께 어우러지는 곡을 생성해 보기로 한다. 유디오 프롬프트에 ❶ [pop]이라고 입력한다. 팝에 해당하는 여러 키워드가 아래쪽에 표시된다. 여기에서 ❷pop soul을 선택해 본다. 그러면 프롬프트에 해당 키워드가 적용된다. 계속해서 프롬프트에 ❸ [Guitar]를 입력하여 기타에 관련된 키워드 예시가 나타나면 ❹electric guitar을 선택한다. 이와 같은 방법으로 유디오 프롬프트를 작성해 갈 수 있다.

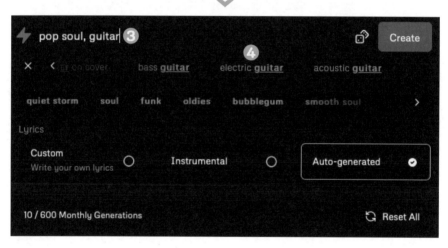

7 계속해서 같은 방법으로 원하는 ❶<u>장르와 악기 그리고 분위기에 대한 프롬프트 입력</u>을 완료했다면, ❷<u>Create</u> 버튼을 눌러 곡을 생성한다. 그러면 유디오는 프롬프트에 맞는 두 개의 곡을 생성해 준다.

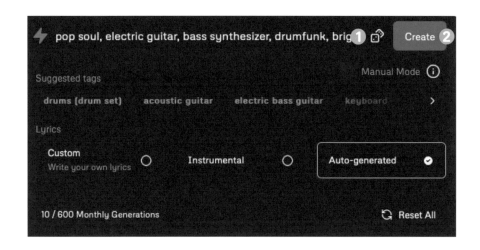

8 다운로드받기 생성된 곡은 유튜브 콘텐츠에 사용하기 위한 음원 파일로 저장할 수 있다. 다운로드하기 위한 곡 우측에 있는 ❶세 개의 점 모양으로 된 메뉴를 클릭한 후 ❷ Download 메뉴를 선택하면, 해당 곡을 음원(MP3) 파일로 저장할 수 있다.

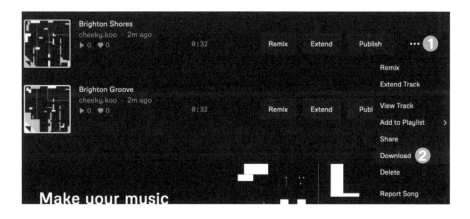

살펴본 것처럼 챗GPT와 함께 유디오를 활용하면, 간편하게 유튜브에 사용할 다양한 장르의 배경음악을 생성할 수 있다.

음악에서 코드는 음정이나 화음이 조화를 이루어 하나의 소리 덩어리를 구성하는 중요한 요소이다. 코드는 멜로디의 감정적인 톤을 설정하고, 곡의 전체적인 분위기를 이끌어 가는 역할을 한다. 주요 코드 유형에는 다음과 같이 여러 가지가 있으며, 각각의 코드는 음악의 다양한 측면과 감정을 표현하는 데 사용된다.

메이저 코드 (Major chord)

3개의 음으로 구성되며, '도 미 솔'처럼 3도와 5도를 쌓는 구조로, 메이저 코드는 밝고 경쾌한 느낌을 준다. 예시: 도 를 기준으로 3도 '미' 5도 '솔' 로 '도 미 솔'은 C코드 (C 메이저) 코드가 된다.

마이너 코드 (minor chord)

메이저 코드와 달리 3도 음정이 반음 내려가며, 예시로 C코드 '도 미 솔'에서 '도'에서 세 번째인 '미'가 반음 떨어지며, '도 미b 솔'이 된다. 마이너 코드는 대체적으로 슬프고 어두운 느낌을 준다. 예시: C코드(C 메이저) 기준으로 '도 미 솔' 에서 '도'를 기준으로 3도 '미'를 반음 내리면 '도 미b 솔'로 Cm(C 마이너) 코드가 된다.

세븐스 코드 (Seventh chords)

세븐스 코드는 4개의 음으로 구성되며, 메이저 또는 마이너 코드에 7도 음정을 추가한다.

메이저 세븐스 (Major seventh)

메이저 코드에 7도를 추가하며, 맑고 부드럽지만 감미로운 느낌을 준다. 예시: C코드(도 미 솔)에 '도'를 기준으로 7도인 '시'를 포함하면 '도 미 솔 시'로 C 메이저 세븐(CM7) 코드가 된다.

도미넌트 세븐스 (Dominant seventh)

메이저 코드에 플랫 7도를 추가하며, 긴장감과 해소의 느낌을 준다. 예시: C 메이저 세븐 코드(도 미 솔 시)에서 '도'를 기준으로 7도인 '시'를 반음 아래의 검은 건반 '시b'으로 누르면 C도미넌트 세븐(C7) 코드가 된다.

마이너 세븐스 (minor seventh)

마이너 코드에 플랫 7도를 추가하며, 마이너 특유의 슬프고 어두운 느낌을 유지한다. 예시: C 마이너 코드 기준으로 '도 미b 솔'에서 '도'를 기준으로 7도 '시'에서 '시'를 반음 내려주면 '도 미b 솔 시b'으로 Cm7 (C마이너 세븐) 코드가 된다.

메이저 스케일 (장음계)

메이저 스케일은 음악에서 가장 기본적이고 중요한 음계 중 하나로, 서양 음악의 토대를 이루는 구조이다. 메이저 스케일은 음악에서 밝고 쾌활한 느낌을 주며, 주로 팝, 클래식, 재즈, 록 등 다양한 장르에서 사용된다. 메이저 스케일에 대한 자세한 설명은 다음과 같다.

메이저 스케일의 구조

메이저 스케일은 7개의 음으로 구성되며, 반음과 온음의 패턴을 따른다.

온음 – 온음 – 반음 – 온음 – 온음 – 온음 – 반음

이 패턴을 이용하면 어떤 음을 기준으로 해도 메이저 스케일을 만들 수 있다. 예시: C 메이저 스케일은 C '도'에서 시작하여 다음과 같은 음계로 구성된다.

도(C), 레(D), 미(E), 파(F), 솔(G), 라(A), 시(B), 도(C)

여기서 각 음 사이의 간격은 다음과 같다.

도(C)와 레(D) 사이 온음	**파(F)와 솔(G) 사이** 온음	**시(B)와 도(C) 사이** 반음
레(D)와 미(E) 사이 온음	**솔(A)과 라(A) 사이** 온음	
미(E)와 파(F) 사이 반음	**라(A)와 시(B) 사이** 온음	

마이너 스케일 (단음계)

마이너 스케일은 메이저 스케일과 대비되는 음계로, 슬프거나 어두운 느낌을 자아내는 특징이 있다. 마이너 스케일은 세 개의 종류가 있으며, 서양 음악에서 자주 사용된다. 가장 일반적이고 자주 사용되는 마이너 스케일에 대한 설명은 다음과 같다.

자연 마이너 스케일의 구조

자연 마이너 스케일(Natural minor scale)은 7개의 음으로 구성되며, 반음과 온음의 패턴이 메이저 스케일과 다르다. 자연 마이너 스케일에 대한 구조는 다음과 같다.

온음 – 반음 – 온음 – 온음 – 반음 – 온음

예를 들어, C 마이너 스케일은 C '도'에서 시작하여 다음과 같은 음계로 구성된다.

도(C), 레(D), 미b(Eb), 파(F), 솔(G), 라b(Ab), 시b(Bb), 도(C)

여기서 각 음 사이의 간격은 다음과 같다.

도(C)와 레(D) 사이 온음	**파(F)와 솔(G) 사이** 온음	**시b(Bb)와 도(C) 사이** 온음
레(D)와 미b(Eb) 사이 반음	**솔(G)과 라b(Ab) 사이** 반음	
미b(Eb)와 파(F) 사이 온음	**라b(Ab)와 시b(Bb) 사이** 온음	

07-3 제작한 음원 활용하기

작곡이 완성되고, 해당 곡들을 활용하기에 앞서 AI 음악 저작권은 어떻게 이루어질까? 또, 인공지능으로 만든 음악의 저작권은 어떻게 관리될까? 제작한 음원을 활용하기에 앞서 AI 음악 저작권에 대하여 알아보기로 한다.

AI 음원 저작권에 대하여

현재 여러 국가에서는 인공지능이 만든 곡에 대한 저작권에 대한 논의가 진행되고 있다. 일반적으로 사람이 만든 작품은 해당 작품을 만든 사람에게 저작권이 부여된다. 그러나 인공지능이 작곡한 곡은 작품을 만든 주체가 명확하지 않아 저작권 보호가 복잡해지는 문제가 있다. 몇몇 국가에서는 인공지능이 작곡한 곡의 저작권을 프로그램을 개발한 사람이나 소유주에게 부여하는 방향으로 논의되고 있으며, 일부 국가에서는 이를 인공지능 자체의 창작물로 보고 인공지능에게 저작권을 부여하자는 주장도 있다. 하지만 아직은 이러한 문제에 대한 명확한 해결책이 마련되지 않았으며, 법적인 논의와 규정이 계속 진행중에 있다. 따라서, 인공지능이 만든 곡의 저작권에 대한 정확한 규정은 국가별로 다를 수 있으며, 앞으로 더 많은 사례와 규정이 생기고 발전할 것으로 예상된다.

음악저작인협회에 따르면, 현재 한국의 저작권법은 저작자를 '저작물을 창작한 자(者)'로 정의하며, 인간의 감정 생각 창작이 아닌 동물이나 사물 등은 저작자가 될 수 없다. 국내 저작권법이 저작권의 대상인 저작물을 '인간의 사상 또는 감정을 표현한 창작물'로 제한하고 있기 때문이다. 현재 국내의 저작권법에 따르면, 다양한 인공지능 프로그램을 활용하여 만든 곡에 대한 저작권 보호에 관한 법적 규정이 아직 논의 중이며, 100% 인공지능을 사용하여 만든 곡에 대한 저작권 등록이 어려운 상황이다. 예를 들어, 사람의 기술력이 60%이고 인공지능의 기술력이 40%가 반영된 곡을 만들었다면, 해당 곡의 저작권은 사용자의 기술력이 반영된 부분에만 보호를 받을 수 있다. 또한 아이바, 사운드로우 같은 인공지능 기반의 사이트를 이용하여 곡을 생성하는 경우, 유료 결제를 통해 생성된 곡이라도 해당 사이트들을 사용하여 생성된 모든 곡의 저작권과 소유권은 해당 회사에 있으며, 사용자에게는 사용권만 주어진다. 이것은 즉, 유튜브나 틱톡과 같은 플랫폼에 게시된 동영상에 사용된 BGM 등은 인공지능(AI) 사운드(음원)일지라도 해당 동영상의 비중에 의한 수익 창출에 해당되기 때문에 문제가 없다. 하지만 다른 의미로, 인공지능 음원 자체를 수익 창출을 목적으로는 사용할 수 없으며, 저작권 또한 등록할 수 없다는 의미이다.

마이에디트 설치 및 사용법 익히기

인공지능 작곡 프로그램을 사용하는 방법에 대한 이해를 했다면, 이제 이미지 생성 AI를 사용하여 곡에 어울리는 나만의 그림을 만들어 본다. 여기에서는 <u>마이에디트</u>라는 이미지 생성 AI를 사용해 보기로 한다.

1 회원가입하기 구글 검색기에서 ❶<u>마이에디트</u> 또는 <u>마이에딧</u>을 검색하여 해당 웹사이트가 검색되면, ❷<u>MyEdit</u> 링크 버튼을 클릭한다.

2 마이에디트를 사용하기 위해 회원가입을 해야 한다. 회원가입을 위해 우측 상단 <u>로그인</u> 버튼을 누른다.

☑ 해당 화면과 메뉴는 웹사이트(업체) 리뉴얼에 따라 변경될 수 있다.

3 마이에디트는 <u>구글, 페이스북, 애플 계정과 연동</u>되기 때문에 자신이 사용하는 계정을 선택하여 로그인하면 된다.

4 **이미지 생성하기** 로그인 후 메인화면 좌측 상단의 ❶<u>세 개의 선으로 된 메뉴</u>에서 ❷<u>이 미지 툴</u>을 선택한다.

5 이미지 툴 메뉴의 생성형 AI에서 **❶**<u>이미지 생성</u>을 선택하면 이미지 생성 버튼이 있는 또다른 화면이 나타난다. 여기에서 **❷**<u>이미지 생성</u> 버튼을 누르면 생성할 이미지를 텍스트(프롬프트)로 설명할 수 있는 텍스트 창이 나타나며, 아래쪽으로 화면 비율과 인물 스타일, 풍경 스타일, 그리고 몇개의 이미지를 생성할 것인지 선택할 수 있는 옵션들이 표시된다.

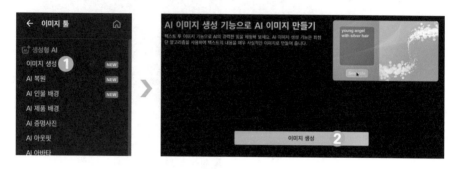

6 좌측 상단의 프롬프트에서 생성될 이미지에 대한 설명을 글자로 입력한다. 여기에서는 예시로, **❶**<u>맑고 깨끗한 파도가 치는 백사장</u>이라고 입력한 후 **❷**<u>화면 비율</u>과 생성할 **❸**<u>이미지 개수 설정</u>, 그리고 **❹**<u>생성</u> 버튼을 누르면 입력한 프롬프트에 맞는 그림이 생성된다.

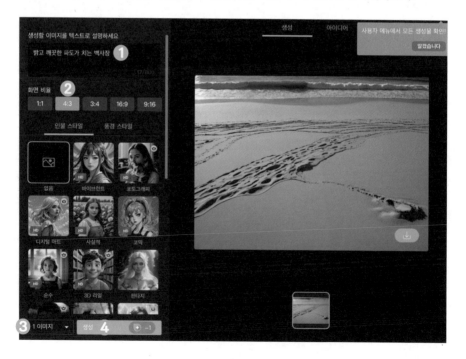

7 한 개의 이미지 생성을 위한 크레딧은 무료로 10 크레딧을 부여받으며, 그림 생성 수에 따라 크레딧이 하나씩 차감된다. 프롬프트 기반으로 그림이 생성되었다면, 생성된 그림 하단의 <u>다운로드 이미지</u>를 클릭하여 사용자가 원하는 경로에 다운로드한다.

마이에디트 요금제 살펴보기

마이에디트는 크레딧을 사용하여 이미지를 생성할 수 있는데, 크레딧은 크레디 팩이라고 하는 요금을 충전을 해야 사용이 가능하다. 화면 우측 상단의 **❶**크레딧 얻기 버튼을 누르면 크레딧 구매를 위한 네 가지 요금제 옵션이 표시된다. 네 가지 요금제를 활용하여 생성할 수 있는 기능들은 모두 동일하며, 요금제에 따라 크레딧의 개수만 달라진다. 자신이 **❷**원하는 크레딧을 선택하여 **❸**구매하기 버튼을 눌러 다음과 같이 구매하기 창을 통해 크레딧 구매를 하면 된다. 구매한 크레딧을 사용하여 마이에디트 웹사이트를 이용할 수 있으며, 구매한 크레<u>딧은 구매 후 1년이 지나면 자동</u>으로 만료된다.

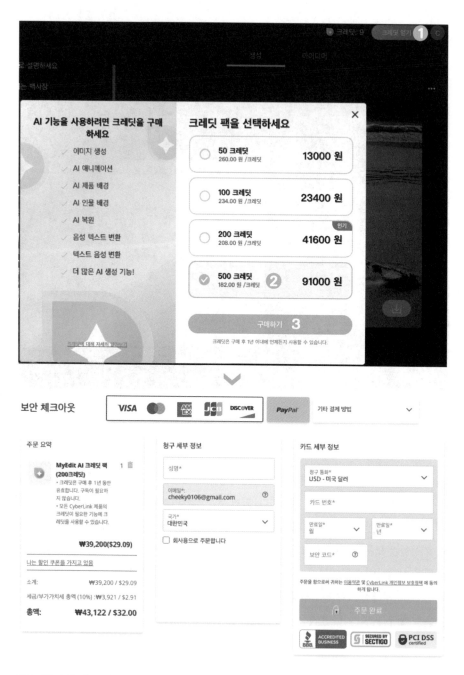

☑ 해당 요금제에 대한 내용은 웹사이트(업체) 규정에 따라 변경될 수 있다.

마이에디트로 이미지 생성 및 배경음악 만들기

이번에는 마이에디트를 활용하여 그림을 생성한 후, 생성된 그림을 위한 배경음악(BGM)을 만들어 본다. 지금의 학습을 통해 뮤직비디오나 유튜브와 틱톡 등에서 사용할 수 있는 동영상 콘텐츠를 제작할 수 있다.

1 **이미지 생성하기** 먼저 이미지를 생성하기 위해 마이에디트 이미지 생성 화면에서 다음과 같은 예시에 맞는 이미지를 생성한다. 밝은 느낌의 장조이며, 시네마틱 장르의 곡을 생성할 것이기에, 해당 장르에 어울릴 만한 그림을 위해 프롬프트에 ❶[벚꽃이 활짝 핀 가로수 길]을 입력한 후, ❷생성 버튼을 누른다.

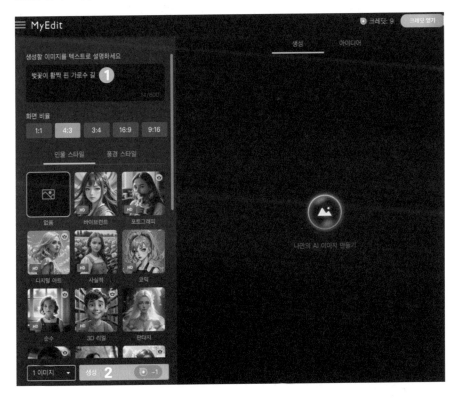

2 **그림 재생성하기** 프롬프트에 입력된 문장(키워드)와 다른 그림이 생성되었다면, 비슷한 ❶문장을 다시 입력하여 그림을 ❷재생성한다. 생성된 여러 가지 그림 중, 최종적으로 사

용할 그림을 ③선택한 후 ④다운로드하여 저장한다.

③ **배경음악 만들기** 그림을 저장했다면, 생성한 그림을 적용할 곡 생성을 위해 인공지능 작곡 프로그램을 열어준다. 여기에서는 아이바를 사용해 보기로 한다. 아이바에서 ①메이저 키를 사용한 ②시네마틱 장르의 곡을 생성한 후 ③다운로드한다. 이렇게 만들어진 곡은 마이에디트에서 생성한 그림과 결합하여 이미지에 어울리는 배경음악(BGM)을 쉽게 만들 수 있다.

캡컷으로 비주얼라이저 만들기

비주얼라이저(Visualizer)는 음악에 맞춰 동적인 그래픽이나 시각적 효과가 흐르는 영상을 말한다. 이제 앞서 생성한 이미지와 음악을 활용하여 하나의 동영상을 만들어 본다. 이와 같은 작업은 캡컷(CapCut)이라는 무료 동영상 편집 프로그램을 통해 쉽게 제작(편집)할 수 있다.

1 회원가입하기 구글 검색기에서 ❶캡컷을 검색하여 해당 웹사이트가 검색되면, ❷CapCut 링크 버튼을 클릭한다.

2 캡컷 메인화면 상단의 ❶다운로드 버튼에 마우스를 갖다 놓고, ❷윈도우/맥 버전을 다운로드하기 위한 버튼이 나타나면, 클릭한다. 그러면 자동으로 자신의 컴퓨터 운영체제에 맞는 버전이 자동으로 다운로드된다. 다운로드된 프로그램은 설치해 준다.

☑ 해당 화면과 메뉴는 웹사이트(업체) 리뉴얼에 따라 변경될 수 있으며, 캡컷은 PC에 설치하지 않고, 온라인에서 직접 편집이 가능하다.

3 캡컷을 설치했다면 실행한 후 캡컷 사용을 위해 회원가입을 진행한다. 캡컷 화면 좌측 상단의 Sign in을 선택하여 회원가입을 할 수 있는 창을 열어준다.

4 캡컷은 구글을 비롯해 페이스북, 애플 계정과 연동되어 사용자가 원하는 계정을 선택하여 간편하게 회원가입을 할 수 있다.

5 **언어 설정하기** 회원가입을 완료했다면 캡컷 사용자 언어를 한국어로 변경해 본다. 언어 설정을 위해 우측 상단 ❶톱니바퀴 모양의 설정 메뉴에서 ❷Setting 메뉴를 선택하여 설정 창을 열어준다.

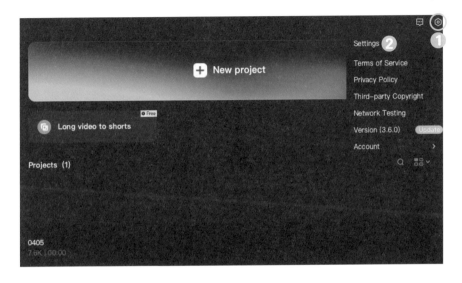

6 설정 창에서 ❶Language에서 ❷한국어를 선택한 후, ❸Save 버튼을 누른다. 그러면 캡컷이 재시동되며, 모든 언어(메뉴 및 기능)가 한국어로 변경된다.

7 **프로젝트 생성 및 파일 가져오기** 캡컷 메인화면 상단 중앙의 <u>프로젝트 만들기</u>를 선택한다. 그러면 편집 작업을 할 수 있는 화면이 나타난다.

8 편집 화면에서 **❶**<u>가져오기</u> 버튼을 눌러 앞서 AI 작곡 및 이미지 생성을 한 파일을 가져오거나 하단의 **❷**<u>여기로 자료를 드래그하여 만들기 시작</u> 영역에 사용할 파일(들)을 <u>직접 끌어다</u> 적용한다.

9 **이미지 길이 조절하기** 그림처럼 이미지(위쪽)와 음원(아래쪽) 파일이 타임라인에 적용됐다면, 현재는 이미지가 음원 길이에 비해 짧기 때문에, 이미지의 아웃점을 끌어 당겨서 아

래쪽 트랙에 적용된 음원의 길이에 맞춰준다.

10 **볼륨 조절하기** 이미지 클립 아래쪽에 있는 오디오(음원) 클립의 하얀색 수평선을 위/아래로 조절하면 볼륨이 조절된다. 아래로 내리면 볼륨이 줄어들고, 위로 올리면 커진다.

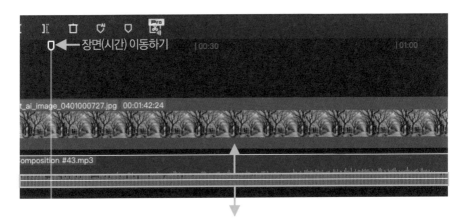

🔢 볼륨 조절이 끝났다면, 우측 상단에 <u>내보내기</u> 버튼을 클릭하여 파일 저장 경로와 생성한 동영상에 대한 설정 옵션 창을 열어준다.

🔢 설정 창에서는 ❶<u>파일명</u>과 파일이 ❷<u>저장될 경로를 내보내기</u>를 통해 설정할 수 있으며, 또한 저장할 동영상의 해상도와 비트 전송률, 코덱, 형식, 프레임 속도, 오디오 파일 포맷 설정을 할 수 있다.

🔢 설정 창을 아래로 스크롤하면, 캡컷 자체에서 사용자가 동영상을 만들기 위해 사용한 곡의 <u>저작권 설정</u>까지 확인할 수 있다. 설정이 끝나면, 좌측 하단의 <u>내보내기</u> 버튼을 클릭한다. 그러면 캡컷에서 작업한 이미지와 사운드가 하나의 동영상 파일로 만들어진다. 이렇게 만들어진 동영상은 유튜브나 틱톡, 인스타그램과 같은 플랫폼을 통해 다양하게 활용할 수 있다. <u>참고로 컷 편집과 자막은 [학습자료] – [캡컷으로 컷 편집과 자막 만들기]</u>를 활용한다.

코덱 동영상의 압축 방식을 선택한다. 일반적으로 MP4 방식의 H.264를 사용한다.

형식 동영상 파일 형식을 선택한다. 일반적으로 MP4를 사용하고 맥에서는 mov를 사용한다.

프레임 속도 동영상에서 초당 사용되는 프레임 개수를 설정한다. 일반적으로 30fps를 사용한다.

오디오 오디오 파일 형식을 선택한다. 일반적으로 MP3를 사용한다.

마이에디트를 활용한 앨범 자켓 만들기

여러 가지 인공지능을 사용하여 곡의 주제를 정하고 주제에 해당하는 곡을 생성했다면, 해당 곡의 주제를 더욱 돋보이게 하기 위한 앨범 자켓이 필요하다. 여기에서는 마이에디트를 활용하여 간편하게 생성한 곡에 대한 앨범 자켓을 만들어 본다.

1 앨범 자켓 이미지를 생성하기 위해 마이에디트 웹사이트를 열어준 후 좌측에 있는 메뉴에서 **❶**이미지 생성을 클릭한다. 그다음 화면 중앙의 **❷**이미지 생성 버튼이 나타나면 선택하여 이미지 생성을 위한 화면을 열어준다.

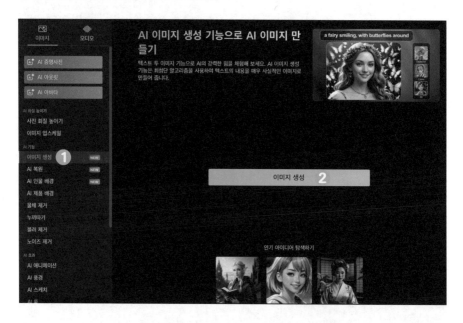

2 이미지 생성을 위한 화면에서 상단 프롬프트에 자신이 원하는 곡 스타일을 입력한다. 여기에서는 예시로, 빠르고 격렬한 느낌의 록 장르 곡을 연상할 수 있는 주제인 **❶**[불에 타고 있는 일렉기타]를 입력해 본다. 그다음 생성될 **❷**이미지의 화면 비율과 인물 스타일 또는 풍경 스타일을 선택한다. 현재의 프롬프트는 인물이 아니므로 **❸**풍경 스타일 선택 후(필자는 없음을 선택했음), 4장의 이미지를 생성하기 위해 **❹**4 이미지를 선택한다. 설정이 끝나면 **❺**생성 버튼을 클릭한다.

③ 생성된 4개의 이미지 중 하나를 ❶선택하여 ❷저장 버튼을 눌러 저장할 수 있으며, 만약 이미지가 마음에 들지 않는다면 원하는 이미지가 나올 때까지 계속 이미지를 생성한다. 이 렇게 마이에디트는 생성한 곡의 주제에 맞는 앨범 자켓을 간편하게 생성할 수 있다.

더 멋진 앨범 자켓 디자인을 위한 AI 도구들

앨범 자켓 디자인은 음악과 함께 아티스트의 비주얼 아이덴티티를 전달하는 중요한 요소이다. 이러한 요소를 더욱 충족할 수 있는 자켓 디자인을 하기 위해서는 챗GPT와 미드저니 그리고 스테이블 디퓨전과 같은 AI 도구를 활용할 수 있다. 여기에서는 이 세 AI 도구를 이용해 독창적인 앨범 자켓을 만드는 방법에 대해 간략하게 살펴보기로 한다.

챗GPT 활용하기

챗GPT를 사용하여 컨셉트 아이디어를 개발하고, 앨범의 테마나 메시지에 맞는 비주얼 아이디어를 정리할 수 있다. 프롬프트는 앨범 제목, 아티스트 이름, 노래 제목 등 앨범 자켓에 필요한 텍스트를 창의적으로 생성하도록 요청할 수 있다. 아래 그림은 앞서 마이에디트에서 사용한 프롬프트인 [불에 타고 있는 일렉기타'라는 주제로 음악 앨범 자켓 디자인 이미지를 생성해 줘]를 그대로 챗GPT 프롬프트로 사용하여 생성한 자켓 디자인이다.

미드저니 활용하기

미드저니(MidJourney)는 사용자가 입력한 설명(영문)을 바탕으로 독창적인 비주얼 아트 이미지를 생성한다. 앨범의 음악적 스타일과 감정을 반영하는 시각적 요소를 디자인할 때 특히 유용하다. 다음은 미드저니에서 생성한 자켓 디자인이다. 참고로 미드저니에서는 위와 동일한 키워드(문장)을 영문으로 번역하여 사용하였다.

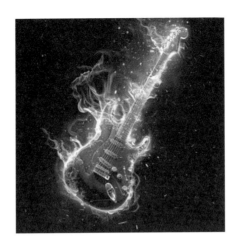

스테이블 디퓨전 활용하기

스테이블 디퓨전(Stable diffusion)은 인물(캐릭터) 위주의 디테일한 이미지를 생성할 수 있다. 자신이 원하는 특정 스타일(AI 싱어, 모델 등)이나 텍스처를 갖춘 이미지를 제작하고자 할 때 효과적이다. 다음은 스테이블 디퓨전에서 생성한 모델 이미지이다. 스테이블 디퓨전을 잘 활용하면 자신이 제작한 음악에 맞는 가상 싱어를 생성할 수 있어 다양한 비즈니스 모델로 활용할 수 있다.

챗GPT, 미드저니, 스테이블 디퓨전을 한 번에 배울 수 있는 유일한 책
[생성형 AI 빅3]

이 책은 음악 작곡에 대한 폭넓은 이해를 제공하고, 인공지능을 활용하여 음악을 만들어내는 방법을 담고 있다. 각 장은 초보자부터 숙련자까지 다양한 수준의 작곡가들이 즐길 수 있는 내용을 다루고 있으며, 초보자들은 10분 안에 완성하는 초간단 작곡법부터 시작하여, AI를 활용한 음악 제작까지의 과정을 익힐 수 있었고, 음악의 기초부터 음악 프로그램의 사용 방법, 그리고 AI가 음악 작곡에 미치는 영향까지 다양한 주제를 다루었다.

또한, 아이바, 사운드로우, 뮤지아 원, 유디오 등 대표적인 인공지능 작곡 프로그램을 활용한 곡 생성 방법과 편곡 과정을 비전공자들도 이를 통해 음악 작곡에 대한 친밀감을 느끼며, 음악과 인공지능이 만나는 지점에서 기술과 예술의 새로운 창조력을 체험할 수 있었다. 이제는 전문적인 음악 지식이나 연주 능력이 없어도 누구나 작곡을 시도할 수 있는 시대이다. 그러나 이러한 기술의 발전은 음악의 본질이 무엇인지, 인공지능으로 작곡한 음악이 진정한 예술인지 아니면 단지 알고리즘의 산물인지 등 깊은 고민과 질문을 던진다.

이에 대한 답은 개개인의 인식과 태도에 따라 다를 수 있다. 그럼에도 불구하고 인공지능 작곡 기술은 무한한 가능성을 제시하며, 이를 통해 창의성과 기술이 결합된 새로운 음악적 경험을 창출할 수 있다. 이 기술은 우리의 시야를 넓히고, 예술의 다양성을 증진시키며 접근성을 향상시킬 수 있다. 또한, 기술과 예술의 융합으로 새로운 음악적 세계를 발견하는 데 기여할 것이다.

음악은 우리의 삶을 더욱 풍요롭게 만들어주는 특별한 예술 중 하나이며, 그중 작곡은 창의성과 기술이 모두 필요한 분야이지만, 이 책을 통해 여러분은 음악 작곡에 대한 폭넓은 이해를 얻을 수 있었을 것이다. 무엇보다도, 음악을 만들어내는 과정이 얼마나 즐거운지를 충분히 느꼈기를 바란다. 또한, 음악을 통해 감정을 표현하고 이야기를 전달할 수 있기에 자신의 음악 이야기를 담아내고, 세상에 새로운 감동을 전달할 수 있다. 작곡을 통해 자신의 감정을 표현하고, 세상에 나만의 음악적 색채를 더해 보길 바란다.

작곡의 여정은 끝이 없다. 끝없는 도전과 발견이 기다리고 있다. 함께 여정을 이어가며 새로운 음악 세계를 창조해 나가기를 기대한다.

끝으로 이 인공지능 작곡 지침서가 음악과 기술의 융합에 대한 첫 번째 탐험의 시작점이 되길 바라며, 음악에 처음 발을 들인 모든 이들이 음악의 본질을 탐구하고, 창작에 대한 열정을 공유할 수 있기를 기대한다.

저자 **구효인**

2024
5.01
05.26

명대학교
송아트홀 2관

일 7시 30분
일·공휴일 3시. 7시
요일 공연 있음

eginald Rose

류주연
김용준

산수유
제 21회 정기공연

12

12
Angry
Men

출연 홍성춘 이현경
강진휘 남동진
오재균 최명경
오일영 이종윤
신용진 한상훈
박정민 김도완
방기범 현은영
김애진 박시유
반인환 이지혜
김신영 홍성호
김서아 김용식
황비홍 오 류
김부경 허준호

제4회 이대일리문화대상연극부문 최우수상
월간 한국연극 선정 2016 공연베스트7
2016 공연과 이론 작품상

주최·주관
산국

문의
010-5818-4597

예매
인터파크 티켓

우리 엄마는 개그맨 손님 얘기만 꺼내면 엄마가 더 웃기대요

■제작 더큰컴프

웃고 싶다면
공연보러 오세요···
왜 코미디는
청도일까요···

■감독 K1 잘하는 옥심이

개그맨 손님 vs 어머니

지난회 우승자

공연일정
2024년 2월 3일(토) ~ 2024년 12월 29일(일)
매주 토, 일 오후 2시, 4시 / 전체 관람가

장소

문의
한국코미디타운 054-372-8700
사이트: www.kcomedytown.co.kr

NAVER 한국코미디타운 검색